ハヤカワ文庫 SF

〈SF1759〉

宇宙英雄ローダン・シリーズ〈378〉

星の非常シグナル

H・G・エーヴェルス&H・G・フランシス

五十嵐 洋訳

早川書房

6691

PERRY RHODAN
DIE FLUCHT DER KELOSKER
EIN STERN FUNKT SOS
by
H. G. Ewers
H. G. Francis

Translated by
Hiroshi Igarashi
First published 2010 in Japan by
HAYAKAWA PUBLISHING, INC.
This book is published in Japan by
arrangement with
PABEL-MOEWIG VERLAG GMBH
through JAPAN UNI AGENCY, INC., TOKYO.

目次

星の非常シグナル

ケロスカーの逃走

H・G・エーヴェルス

登場人物

ペリー・ローダン……………………………《ソル》のエグゼク1
ダライモク・ロルヴィク…………………マルティミュータント
タッチャー・ア・ハイヌ…………………ロルヴィクの部下
グッキー……………………………………ネズミ＝ビーバー
ラス・ツバイ………………………………テレポーター
スプリンク
ツァルトレク }…………………………ケロスカー
プラゲイ
レンモ………………………………………狩人。オンタク人
アパシュ＝ファラデイ……………………巫術師。オンタク人
ドンク＝バン＝ケム………………………族長。オンタク人

1

レンモは灌木のかげにしゃがみ、ナント二頭を観察した。どちらもうっすら降り積もった雪を踏みしめながら、歩いてくる。

狩人は右手で銛《もり》をかまえ、左手を雪の上についてからだをささえた。だが、獲物はまだ投擲範囲にはいっていない。息をころして、二頭がかくれ場に近づくのを待つ。いずれ、どちらか一頭はしとめることができるだろう。

獲物を得られないかぎり、部族の主集落であるテンテク・トルントにもどることは許されない。後頭部の〝瘤《こぶ》〟は、部族の人々を裏切ったことを意味する。べつの表現をすると、おのれの名誉が決定的に傷つけられたのだ。異人は真正のドア＝バンやリント＝ヴァッシより強いにちがいない。〝ちいさく成長した者〟はいずれまた、悪魔の力をぶつけてくるだろう……

気がつくと、レンモはいつしか〝ちいさな光の母〟の浜に出ていた。

もちろん、ヘル＝コタ＝トレン＝アアアク部族のもとにもどるには、汚名をそそぐほかない……信じられないほどの獲物を持ち帰って。つまり、ナントの新鮮な肉、寝心地のいいみごとな皮を。それだけでなく、身の潔白を証明するためには、巨大な角も必要である。

当然ながら、ウィウッシュでは、獲物として充分ではない。いま、目の前を通りすぎていくが、両手の八本指はぴくりとも動かさなかった。小動物は左のほうに跳ねていき、花のあいだに消える。

狩人はさらに身をかがめ、気配を殺した。ナントがいきなり立ちどまったのだ。二頭とも目を見開き、さかんに匂いを嗅いでいる。

だが、匂いでわかるはずがない。周囲には、鈍重な大型草食獣ブロオクブの匂いがたちこめているはずだ。この動物はするどい爪と歯を持ってはいるが、ほかの動物にとって脅威にはならない。

とはいえ、ブロオクブが実際にナントに近づいた場合、レンモとしては狩りを断念せざるをえなくなるだろう。

革紐で頸から吊るした革袋を開けて、左手で呪文の杖をとりだし、土地の狩猟神ホトハト＝ムルのシンボルを獲物に向けた。そのあいだも、ナントを驚かせないよう、きわめて慎重に行動する。

準備がととのうと、古代から伝わる呪文をとなえた。これで、ナントだけでなく、より手ごわいリント＝ヴァッシを捕らえることができるだろう。

リント＝ヴァッシは恐ろしい魔力を有する神々だそうだ。かれらは数世代前、輝く小舟に乗って天空よりあらわれ、それまで世界を支配していたドア＝バンの神々を、雷鳴と稲妻をもって追いはらったという。

あらためて、その〝異人〟のことを考えた。かれらの顔はドア＝バンに似ているものの、はるかにがっしりして、胸郭が異様に大きいそうだ。

夜明けとともに逃げだしたのが、いまとなっては悔やまれる。もっと周囲を調べるべきだったのだ。そうすれば、もっと安易に獲物を獲得できたかもしれない……すくなくとも、獲物をかんたんに得られる場所に、導かれただろう。しかし、それではムルンテ＝ネエクの栄誉は得られない。

レンモは無意識に口を開き、牙をむきだした。ブロオクブがねぐらにしている木の上から、動きだしたのだ。その匂いが強くなる。次の瞬間、動物はナント二頭につっかかっていった。

しかし、二頭も正確に反応する。ブロオクブは二頭がいた場所に着地すると、立ちつくした。〝獲物〟を見失ったうえ、そのあとどうするか、すぐに決定できなかったのである。一方、ナントはひと呼吸するあいだに状況を把握した。

両者の距離を見てとり、ブロオクブがジャンプしてもとどかない位置に移動する。

数秒後、動物は停止し、怒りの咆哮《ほうこう》をとどろかせた。

だが、とても追いつくことはできない。

レンモは用心しながら、ブロオクブを観察。動物は狩りには失敗したものの、〝敵〟に致命傷を負わせるでもなく、そこにたたずんでいる。

やがて、凶暴なブロオクブはギャロップで駆けていき、姿を消した。気がつくと、周囲にいるのはナント二頭だけになっている。その二頭もいまは遠ざかり、しとめるのは容易ではなさそうだ。

狩人はザイルをまきもどして、銛を肩に固定すると、冷たい炎に向かって急いだ。

＊

スプリンクは寒さに震えた。

友二体とともに、氷河を這い進んでいる。三体はSVE艦の着陸にさいして、脱出してきたのだ。ムルンテ＝ネエク基地での活動がにわかに活発化するのを、岩だらけの丘から観察する。ラール人に見ぬかれなければいいのだが。

「ほかの友たちは勾留されたようだ」と、ツァルトレクがいった。スプリンク、プラゲイといっしょに、丘にしゃがんでいる。「もうあともどりはできないな。もどったら、逮捕される」

「しかし、この荒野にとどまるわけにもいかない」と、プラゲイが、「早く行こう。われわれには熱と食糧が必要だ。防護服のエネルギー・セルふたつでは、二十時間しかもたないぞ。充分な熱を供給するには、空調を二時間ごとに三十分ずつ作動させないとならないから」

「凝縮口糧も、もって四日だ」と、スプリンクはつづけた。「基地にもどっても、死が待っているだけだからな。そうなると、方法はひとつ。ラール人の小型艇を奪って、ロルフスから逃げるんだ」

「でも、われわれにはラール艇を操作できないぞ」と、プラゲイが指摘する。

「それでもやってみなければ！」と、スプリンク。「ラール人の苦痛に満ちた処刑より、宇宙空間で死ぬほうがましだ」

「SVE艦艇を操縦できるかどうかは、あとで論じることにしよう」と、ツァルトレクが割ってはいった。「まず、ラール人の宇宙港にたどりつかなければ。連中の故郷銀河からもどった遠征部隊だが、かなり刺激的なニュースを持ち帰ったようだ」

「連中、すでに減少フィールド発生装置を撤去した。だまされたのに気づいたんだろう」と、スプリンクが応じる。「われわれが見つからないとなると、仲間は処刑されるかもしれないな」

「とても耐えられない！」と、プラゲイが悲嘆にくれる。

「わたしもだ。だが、それについては、どうにもならない。提案だが、われわれ、あと二時間だけここで待とう。それでも、宇宙港がラール人でいっぱいだったら、とりあえず地下にもぐるんだ」

「つまり、あの荒野にかくれるというのか？」と、ツァルトレク。

「すくなくとも、ムルンテ＝ネエクから充分にはなれれば、火をおこすこともできる」と、スプリンクはいった。「もしかすると、獲物をしとめられるかもしれないぞ。パラライザーがあるからな」

「動物を殺して、その肉を食べるのか？　とんでもない！」プラゲイが仰天する。

「または、食べられる果物が見つかるだろう」スプリンクは友をなだめた。「とにかく、なんとしても生きのびて、チャンスがありしだいソラナーに警告するんだ。かれらはわれわれの窮境を知らないはずだから」

「ホトレノル＝タアクはソラナーを放置しておかないだろう」と、プラゲイ。「でないと、カタストロフィを招くことになる」

三体は二時間と定めた待機期間のあいだ、ずっと議論をつづけた。だが、ラール艇を強奪するほか、方法はなさそうだ。そこで、岩だらけの丘をはなれて、荒野を歩きはじめる。

しかし、歩くのに適していないからだでは、なかなか前進できない。たしかに、グローブは防護服と同様、雪やツンドラ地帯の環境から、把握肉垂を守ってくれる。しかし、ヘルメットを開いているため、冷たい風がまともに顔に吹きつけてきた。

一時間半後、プラゲイが音《ね》をあげる。

「もう歩けない」

「休むわけにはいかない！」と、スプリンク。この行軍のあいだに、グループのリーダーになりつつある。「ヘルメット・ヴァイザーを閉じて、空調を作動させるんだ！」

プラゲイはいわれるまでもなく、空調のスイッチを入れていた。まもなく、全身に温かさがもどってくる。顔と四肢をこすって、目を閉じた。次の瞬間、寝入ってしまう。

＊

スプリンクはなにか聞こえたような気がして、目をさました。防護服の外側マイクが、音をひろったようだ。起きあがると、すぐ近くに巨大な動物がいた。暗色の長い毛におおわれ、前脚は幅がひろく、頭は頂部にいくにつれて細くなっている。

動物はツァルトレクのヘルメットに鼻面を押しつけた。だが、ツァルトレクは熟睡しており、それに気づかない。やがて、動物は前脚を使って、友のからだを転がそうとしはじめた。

スプリンクは恐怖に麻痺し、動けない。こういう動物を見たのははじめてだ。しかし、幅広の前脚、なかば開いた口の奥に光るするどい牙からして、肉食なのはまちがいなかった。すると、ツァルトレクを切り裂き、むさぼり食うつもりなのか？

仲間が生命の危機にさらされている……そう思うと、恐怖を忘れ、パラライザーに手を伸ばそうとした。発射ボタンが一般的テラナーのこぶしほどある、特製の武器だ。ケロスカーの把握肉垂でも操作できるよう、設計されている。

だが、銃をホルスターからぬくことができない。右の把握肉垂が服のどこかにひっかかっているようだ。

そのとき、ツァルトレクが目ざめた。テレカムは切ってあるので、友が悲鳴をあげたかどうかはわからない。しかし、身を守ろうと動きだしたのはたしかだ。

毛皮動物はいらだってうなり声をあげると、ツァルトレクのヘルメットを前脚で蹴った。つづいて、後脚で立ちあがって方向転換すると、前脚も地面につけ、ゆっくり去っていく。

スプリンクはヘルメットを開くと、ツァルトレクに這いより、友のヴァイザーも開けた。さいわい、ヘルメットは強打されたにもかかわらず、もちこたえたようだ。

「肉食獣だったな」と、ツァルトレクが震える声でいう。どれほどの恐怖を味わったか、考えるまでもない。「あやうく食われるところだった」

「わたしもそれを最初に心配した」と、スプリンクは、「だが、防護服とヘルメットを閉じていたので、匂いで〝獲物〟を判別することができなかったようだ。匂いがなくても、狩猟本能が目ざめる可能性はあったが……ともあれ、たんに好奇心が強いだけだったらしいな」

「なにを話しているんだ？」プラゲイが口をはさんだ。音をたててヘルメット・ヴァイザーを開ける。

「地元動物相の代表が、表敬訪問にやってきた」と、スプリンク。「まったく気づかなかったのか？」

「熟睡していたからな。大型動物か？」

「ケロスカーより大きかった」と、ツァルトレクも、「わたしを食おうとしたらしい」

「なんと！」プラゲイは身を震わせて、「ここにいるわけにはいかないぞ。肉食獣に食われるくらいなら、ラール人のところにもどるほうがましだ」

「とめはしない！」と、スプリンクはいった。「さ、空調をとめるのだ。出発しよう。ロルフスの一日は長くない。まもなく日が暮れるだろう。それまでに、適当な野営地を探さなければ。夜は危険すぎる」

*

レンモは肩にかついだ銛を、反射的にかまえた。雪の上にシュプールを見つけたのだ。一瞬、ブロオクブの親子かと思ったが、訓練された目は微妙な違いを見逃さない。これはブロオクブの足跡ではないとわかる。あの肉食獣の足跡は、もっとはっきりしていた。これは爪のあとがないし、全体にまるい。まったく違う動物のものだ。しかも、どうやら二足歩行らしいし、足の裏はやわらかそうである。

足跡の主がどちらに向かったかは、狩人の勘でわかった。問題はそれがどういう生物かだ。記憶をたどったが、いままでこういう足跡は見たことがない。

シュプールを追うべきかどうか、決心がつかず、その場に立ちつくす。悪霊、幽霊、神などのイメージが次々と脳裏をよぎり、さらに混乱が増した。オンタク人の部族の一員として、悪霊や幽霊との遭遇はできるだけ避けたい。

ドア＝バンやリント＝ヴァッシなど、大半の神々も同じだ。オンタク人のあいだでは、可能なら神も避けるほうがいいとされている。たとえば、ドア＝バンのあとを追うと、毛皮を盗まれてしまうという。リント＝ヴァッシはそういう悪さはしないものの、ムルンテ＝ネエクに不必要に近づいた者は、二度ともどってこなかった。

しかし、ヘル＝コタ＝トレン＝アアアク部族の巫術師《ふじゅつし》アパシュ＝ファラディだけは例外だ……その話は何度となく聞かされたもの。巫術師は〝太った神〟マブバハバスの恩《おん》寵《ちょう》をうけ、〝大口の祭り〟に自由に参加できたという……

孤独な狩人は〝大いなる水〟のことを考えた。それはオンタク人にとり、もっとも大きなあこがれのひとつである。世界じゅうの狩人たちがそこでの狩猟を競ったもの。だが、すばやい有能な狩人はまれで、その多くは獲物をめぐって、ほかの部族の狩人とトラブルを起こしたという。その結果、おろかな戦いがはじまり、命を落とした狩人も多いそうだ。

リント＝ヴァッシもこの点については、好意的な神とはいえなかった。〝かれら〟は魚を食べなかったから。

この暗示的なシュプールは、マブバハバスが〝大口の祭り〟に捧げられる生け贄《いえ》として、やってきたしるしにちがいない。

もしそうだとしたら……自分は近隣部族であるウィン＝ブール＝カフ＝シンの領域にはいるべきではない。なんといっても、いまでもヘル＝コタ＝トレン＝アアク部族の一員なのだから！　しかし……

レンモは結局、シュプールを追うことにした。もしかすると、神々に遭遇するかもしれないが、ここで追跡を断念して、後悔するよりはましだろう。

その途中でも、マブバハバスと祖先の話をくりかえし思いだす。自分が〝よきシュプール追跡者〟であれば、いずれ三体の神と遭遇するだろう……太った神に。その神は六本の手足を持ち、一対の手は虚弱に見えるが、四本脚は非常に発達しているという。

もっとも、こういう考え自体が、すべて間違っている可能性もあった。このシュプールはマブバハバスの報告とはまったく無関係で、たんに悪霊が魔法をかけただけかもしれないのだ。

しかも、飢えがずいぶん以前からレンモをさいなんでいる。食べ物に対するあこがれは、あらゆる恐怖より強い。ともあれ……

狩人は歩きだした。

獲物なしでナンテク・トルントにもどれば、敗者という屈辱が待っている。女子供にも笑われるだろう……当然、族長のドンク＝バン＝ケムにも。しかし、太ったマブバハバスを一体でも連れ帰れば、状況は一変するはず。罪は帳消しになり、族長の家族の一員となって、その娘をめとることができるかもしれない。

ちいさな光の母が赤みがかるころ……黒い毛皮の時間、レンモはついに〝神〟と遭遇した。

かれらは丘に座し、石を積んだ環のなかで火を焚いている。しかし、ひどい煙をたてているところを見ると、火のつけ方はオンタク人よりうまくないらしい。とにかく、煙がひどい。

しかし、もしかすると、この煙は合図なのかもしれない。オンタク人がもっと遠くにいると思って、自分たちの所在を知らせるつもりで、わざと盛大に煙をあげている可能性もある。

レンモはその考えにとりつかれて、すっかり危険を忘れた。また歩きだし、まっすぐ三体をめざす。

相手もこちらを見つけたようだ。巨大な目がこちらを向いたので、歓喜をしめすため、銛を振り、

「レンモが感謝いたします!」と、叫んだ。「ヘル=コタ=トレン=アアアク部族の住むナンテク・トルントに、あなたがたをお連れできれば、このうえないよろこびであります。ぜひ、いらしてください、情け深いマブバハバス!」

神が頭をおおう、透明な球状のものに手をやると、その奥に顔があらわれる。食欲をそそる顔だ。つづいて、にぶい声が響きわたった。

狩人はひざまずき、讃歌を口ずさみはじめる。しかし、空腹のせいで、長くはつづかない。立ちあがって、三体によろよろ近づくと、ついてきてほしいと身振りでしめした。

だが、マブバハバスは同意しないようだ。貧弱な腕を振っただけである。レンモはまた不安にかられた。神々を部族のもとに連れていけないのではないか?

いきなり、名状しがたい怒りをおぼえ、銛をかまえて神に向ける。傷つける気はない

が、自分についてきてほしいという意志を、なんとかして伝えたかったのだ。

しかし、神々はひどく気分を害したように見えた。左の神が腕を伸ばし、次の瞬間、銛を奪われてしまう。

狩人は驚いて地面に平伏。しばらくしてから顔をあげ、おそるおそる神を見つめる。神の頭部にも、なぜか瘤があった。

かれらは自分を、生け贄と考えているのではないか？

銛を奪ったマブバハバスは、それを〝両手〟でつかみながら、右腕の下に押しこんだ。どうやら、その奇妙な〝手〟には、充分な把握能力がないようだ。それに対し、丸太のような腕は力が強そうだ……

次の瞬間、銛の柄が額にぶつかり、目から火花が散った。だが、なぐられたのではない。神が不器用な〝手〟をすべらせたのである。

なかば気を失い、朦朧《もうろう》としながら、身を震わせた。飢えはもう感じない……怒りも、不安も。ただ、マブバハバスの行動に失望しただけだ。おそらく、銛を奪い返すこともできないだろう。武器なしで、長く生きられるとは思えないが。だからといって、戦利品を持たず、ナンテク・トルントにもどるわけにもいかなかった。

2

わたしは洞穴の壁から頭を出す前に、念のためパラライザーをぬいた。しかし、原住種族の姿はない。ほっとして銃を下ろし、かわって携帯投光器を点灯。足もとを照らす。岩の階段を上がり、踊り場に立つと、床に裂け目が見えた。数日前、ガルト・クォールファートがひそんでいた場所である。

そのガルトは、タコ・カクタとともにテレポーテーションで、〝愛する〟ポスビとマット・ウィリーのいるフラグメント船にもどった。あのポスビ・マニア、次に会うころには、肉体の〝一部〟がポスビになっているのではないかと思う。

とはいえ、いまはもっと心配なことがあったが。《ソル》にいるペリー・ローダンはわが〝上司〟に、バーヴァッカ・クラをとどけられるだろうか？ この場合、宇宙船は輸送手段として適当ではない。ロルフスにあるラール人の探知基地は非常に優秀だ。この惑星から数光時はなれた宙域にいる宇宙船も、瞬時にキャッチするだろう。

バーヴァッカ・クラがとどかないかぎり、ダライモク・ロルヴィクは正常な姿にもどれないし、でぶの驚異的な超能力なしには、わたしはロルフスから脱出できない……

もう一度、好戦的な原住種族が岩の隙間にひそんでいないことを確認したあと、階段を下りて岩の裂け目から外に出た。スペース＝ジェットの投光器はつけっぱなしなので、一瞬、目がくらむ。

五十歩ほど進んで、暗がりにたどりつくと、ヘルメット投光器をつけて、円盤艇の左右を観察。

さいわい、《ゴースト》は無傷だ。ラール人パトロールに発見されなかったということ。もっとも、もし見つかっていれば、もうここに存在していなかっただろうが。

あるいは、ここに罠をしかけた可能性もある……！

わたしは地面に身を投げ、着陸脚のあいだに這いこんだ。底部エアロックは閉まったまま、異常はない。だが、ラール人が艇内で待ちかまえているかもしれない。

外側ハッチに近づき、コード発信機を作動させる。ハッチは音もなく開いた。

パラライザーをぬいて最大出力にセットすると、エアロック室内を掃射し、そのあとなかに跳びこむ。

しかし、ラール人の姿はなかった。

内側ハッチを開いて、反重力シャフトの開口部を掃射。ここにも敵はひそんでいない。あと、可能性があるのは司令コクピットだけだ。

シャフトに跳びこみ……次の瞬間、異変に気づいた。ガルトといっしょに出発する前、搭載ポジトロニクスに命じて、すべてのシステムを解除したのだ。当然、反重力シャフトも停止していなければならない。

にもかかわらず、ゆっくり上昇していくではないか。

だが、どこかから口笛のような音が聞こえ、緊張を解く。どうやら、搭載ポジトロニクスが〝ストライキ〟を解除したらしい……あるいは、でぶのチベット人が正常にもどり、くだらない悪さをしているのか。

とにかく、艇内にラール人がいないのはたしかだ。もう待ち伏せを心配する必要はない。シャフトに跳びこみ、司令コクピットに向かう。

次の瞬間、なかば反射的にパラライザーを発射。

効果は覿面《てきめん》だった。

ポジトロニクスの光学表示部が消え、いきなり墜落しはじめたのである。

わたしは冷静に飛翔装置を作動させた。反重力プロジェクターとパルセーターの相互効果で、シャフト内に静止する。わずかでも反応が遅かったら、十八メートル下のデッキにたたきつけられ、死んでいただろう。

だが、実際はシャフトの中央あたりにとどまっていた。そのまま、なぜ反重力フィールドがいきなり解除されたか、理由を考え……

がっかりして、うめき声をあげる。光学表示部が消えたのを見ると、〝故障〟の原因はどうやらわたし自身らしい。

生体ポジトロニクスの〝生体〟部分は、プラズマ・コンポーネントだ。このプラズマは生物学的に〝生きて〟おり、パラライザー・ビームを浴びて、相応のショックをうけたのである。とはいえ、もちろんポジトロニクスのシステム全体が、その影響をうけることはない。しかし、麻痺エネルギーのせいで、なんらかの〝幻覚症状〟を起こしたのはたしかである。

わたしは飛翔装置を操作して、司令コクピットにもどった。携帯投光器でポジトロニクスの主制御コンソールを照らしだし、消えた光学表示部を観察。

「サー？」と、念のため、たずねる。「ロルヴィク司令、声が聞こえたら、応答してください！」

つかのま、足もとの床がやわらかくなったような感覚があった。だが、気のせいだったようだ。司令コクピットの透明キャノピーごしに、外を見る。外側投光器は相《あ》いかわらず、動きのない岩ドーム内部を照らしだしていた。

ためしに、手動制御系を手あたりしだいに操作してみたが、予想どおりまったく反応がない。手動コントロールはブロックされているということ。

こうなると、手のほどこしようがない。わたしは成型シートにすわりこみ、搭載ポジトロニクスが復活するのを待つことにした。

復活すればいいのだが……

＊

スプリンクは銛を下ろすと、黒褐色の毛皮につつまれた生物を見つめた。かなりよろよろとして、足もとがおぼつかない。

「待て！」と、最初はインターコスモ、次に公会議の公用語、最後はケロスカーの言語で声をかける。

そのあと、仲間を振りかえり、

「どうやら、われわれ、完全に誤解していたようだ」

「この生物、銛の柄がぶつかったことを、あやまって解釈したようだが」と、プラゲイが応じた。

「たしかに、誤解だった」と、スプリンク。「わたしはたんに、原始的な武器を見たかっただけだ。とはいえ、この生物が武器をわたしに向けたのもたしかだが」

「思うのだが」と、ツァルトレクが口をはさむ。「もしかすると、この生物は武器をかかげることで、われわれを招待していると強調したかったのかもしれない。見たところ、どうやら窮境にあるようだし」

「いずれにしても、相手はロルフスの原住生物で、極端に原始的だ」と、スプリンクがいった。「武器を見れば、発展段階の低さがわかる」

「それでも、かれらは知性体だし、知性体としてあつかわなければならない」と、ツァルトレクが指摘する。「手足の指のあいだにある水掻きは、この種族が水生生物の末裔であることをしめしている。おそらく、氷河期がはじまったころ、雪と氷に追われて、海から地上に生存の場をうつしたのだろうな。そのあと、新しい環境に適応した」

「ラール人たち、なぜこの種族のことを、われわれに知らせなかったのだろう？　信じられないが」と、プラゲイがつぶやいた。

「なぜ？　かんたんではないか」と、スプリンク。「ホトレノル＝タアクがわれわれをロルフスに連れてきたのは、ここで心おきなく計算させるためだった。したがって、われわれがムルンテ＝ネエクの外に出るなどという事態は、想像もしていなかったのだろう。だから、原住生物の情報を伝える必要はなかった……そういうことだ！」

「いずれにしても、気に入らない」と、ツァルトレクが不満を表明する。「原住生物とのファースト・コンタクトが、こういう結果になるとは。あるいは、相手は敵意をもっていると考えたほうがいいかもしれない」

「こちらにはパラライザーがある」と、スプリンクは答えた。

「だが、エネルギー弾倉は無尽蔵ではない」と、プラゲイ。「最後の弾倉を使いきったら、次は敵の攻撃にさらされることになるぞ」

「そうなっても、医療キットのなかには、ヴァリルト粉がある」ツァルトレクはつとめて明るく、「あれを顔に噴射すれば、相手はすくなくとも数時間、混乱状態におちいるはず。そのあいだは脅威にならない」

スプリンクは焚き火に目をやった。突然、強い風が吹いてきて、炎は消えかかっている。煙も吹きはらわれてしまった。

「ヴァリルト粉はこのくらいの風が吹いただけで、役にたたなくなるだろう」と、応じる。

「たしかに、うまく顔に噴霧できれば、相手を無力化できる。しかし、この粉末は気化するのが早い。そこで提案だが……われわれ、風の影響をうけない場所に退避したほうがいいな」

「氷河の巨大地下洞穴にか？」と、プラゲイが、「すでに一度、迷いこんだではないか。そのあげく、迷路から出ようと提案したのはきみだぞ」

「わかっている。しかし、あの迷路なら敵に効果的に対処できる。追跡者がいても、シュプールを追うのは無理なはず。問題はわれわれ自身が迷う可能性があることだが、その程度のリスクは覚悟しなければ」

あたりが急に暗くなった。空を見上げると、南の地平線近くに衛星がふたつあるだけで、西の空には光源になるものがない。銀河中枢部の輝きは、惑星の裏側にうつったようである。

「夜のあいだは氷河を横断できない、友よ」と、スプリンクはつづけた。「あすの朝まで、ここにとどまったほうがいい。火を絶やさないようにすれば、この寒さもしのげるだろう」

「で、原住生物の群れに襲われたら？」と、プラゲイ。

「戦うまでだ。すくなくとも、ラール人と戦うより、ましだろう」

すこし考えて、つけくわえる。

「不慮の事態にそなえて、見張りをおいたほうがいいな。順番を決めよう。プラゲイ、きみが最初だ。二番めがわたし、その次がツァルトレクでいいか？」

ツァルトレクは了承した。プラゲイもひとしきり不平をならべたあと、同意する。

スプリンクは積みあげた薪のかたわら、硬い地面に横たわった。飛翔装置を持ちだしたほうが、よかったかもしれない……と、考える。たしかに、そのほうが移動は容易だっただろう。しかし、飛翔装置の拡散エネルギーは、ラール人にあっさり探知されてしまうはずだ。

それに、純粋論理思考知性体として、あの段階では飛翔装置を調達できなかった。この逃亡は事前に計画されたものではないから。すべてはラール人の探検艦が着陸したため、突発的に起こった出来ごとなのだ。

ラール人がいまだに本格的な捜索を開始していないのが、意外ではある。あるいは、三体がいなくなったことに、まだ気づいていないのかもしれないが……そういうことを考えながら、眠りに落ちた。

*

レンモは凍てつく断崖の上にうずくまり、下からの音に耳をかたむけた。

部族は先祖代々、主としてこのけわしい岩壁にある自然の洞穴に住んでいる。おそらく、オンタク人の遠い先祖は、この海で暮らす水棲生物だったのだろう。それが海岸に進出して、いまの姿になったにちがいない。

海は長い時間をかけて、後退をつづけていた。起伏に富む海岸線はそのなごりだ。切りたった崖の上から水平線をのぞむと、白い縞模様が見える。海水が凍ってできた、氷の壁である。部族はあの氷壁をこえて、何度も探検におもむいたもの。

おもな生活の糧はいまも昔も漁だ。銛や長槍でヴァルヴォをしとめ、網でシヴィ、ブラク、ヘシュ、ロルといった魚を捕らえるのである。

ロルの串焼きがあれば……想像しただけで、胃が痙攣《けいれん》を起こしそうだった。ため息をつき、あらためて空腹を意識する。いまなら、生のロルでもむさぼり食っただろう。

レンモは身を乗りだした。絶壁のなかほどに、揺らめく明かりが見える。洞穴のなかで焚き火をしているようだ。やがて、新鮮な魚を炙《あぶ》る、いい匂いが漂ってくる。狩人はいてもたってもいられなくなった。

下では食事がはじまったようだ。肉や魚は、オンタク人全員を満腹させるほどには獲れない。しかし、空腹をしのぐことはできる……

もう耐えられない。洞穴に下りていけば、追いはらわれるとわかっていたが、それでも迅速にたちまわれば、肉の一片も盗めるかもしれなかった。

突然、インスピレーションがひらめく。

マブバハバスたちが自分を追いはらったのは、いきなり声をかけて、驚かしたからにちがいない。だとすれば、あす、もう一度出かけていけば、大口の祭りに招待してくれるかもしれない……よきメッセージの伝達者と認識されれば、炎に近づくこともできるだろう。

また飢えがひどくなり、あとはなにも考えず、せまい階段を下りはじめる。部族は青銅の斧や鶴嘴《つるはし》を使って、細い岩棚に階段を刻み、絶壁の上と洞穴をつなぐ連絡路をつくっていた。

断崖の上からいちばん近い洞穴は見張りの詰め所になっている。いまも〝戦士〟がふたり、警戒にあたっていた。どちらも熟練した鍛冶がつくった、青銅のヘルメットを着用している。これは戦士だけに許される贅沢だ。狩人はふたりに近づいて、

「わたしがわからないか？」と、声をかけた。「レンモだ」

戦士の一方が口角をつりあげて、にやりと笑い、

「たしかに、不名誉の烙印を押された男に見える。それを見たら、人々は石を投げつけるにちがいない！」

狩人は恥じいったが、ここでひきさがるわけにはいかない。

「アパシュ＝ファラデイに重要な報告があるのだ！」と、つづける。

戦士は自信を失ったようだ。

「ウィン＝ブール＝カフ＝シンに不穏な動きがあるのか？」と、たずねた。

「いや、よろこばしい知らせだ。しかし、くわしいことは巫術師にしか話せない」

「では、通れ！」と、戦士がうなる。

レンモは先に進んだ。階段はさらにせまくなり、ところどころ氷がはっている。足もとに注意しないと、いつ絶壁から墜落してもおかしくない。

油で揚げた肉の匂いが漂ってきて、思わず身震いした。あれを奪わなければ。だが、どうやって火のそばに近づくか、いいアイデアがない。

アパシュ＝ファラデイの洞穴に近づくと、騒々しい音が聞こえてきた。銅製の平鍋と焼き串がぶつかる音だ。巫術師とその助手、従者たちの姿が見える。洞穴の出入口には、両側に円形プレートが飾ってあった。これも銅製で、毎日磨きあげているため、ぴかぴ

かに光っている。

その前に立って、息を吸いこみ、大声をはりあげ、

「狩人レンモがアパシュ＝ファラデイに、報告をとどけにきた！」

助手のひとりが顔をのぞかせた。口のまわりは脂で汚れ、左手には生焼けの肉塊を持っている。

狩人の額の瘤を見ると、目をまるくして、「不名誉を負った男が、巫術師に会えるとでも……」

レンモはそれをさえぎり、男を押しのけながら、

「口をつつしめ、ゴツム！」と、どなった。「わたしは部族全体に幸運をもたらす報告を持ち帰ったのだ！」

「はいってよろしい、レンモ！」力強い声が洞穴の奥から響く。巫術師だ。

狩人はその言葉にしたがい、なかにはいると、火のそばに立った。巫術師はそのかたわらにすわっている。

アパシュ＝ファラデイは高齢にもかかわらず、矍鑠《かくしやく》としていた。部族の老婆たちの話によると、若いころドア＝バンのもとにおもむき、数年後にもどってきたという。〝ファラデイ〟という名は、そのときドア＝バンからさずかったそうだ。

「おまえはとても勇敢だ、レンモ。二重の不名誉を負ったうえに、この火に近づいたの

だから」と、老人はいった。「では、報告を聞こう！」

狩人は最初、興奮のあまり声を出すこともできなかったが、やがて早口で、

「マブバハバスです！　わたしはマブバハバス三体と遭遇しました、アパシュ＝ファラディ！」

巫術師は表情を変えない。ただ、左手で皿型の物体を握りしめただけだ。物体は表面が透明なガラスにおおわれ、そのなかで色つきの細い針が二本、震えながら動いていたが、やがて停止した。

「コンパスはいつも北をさししめす」と、老人が力強い声でゆっくりと告げる。なにかの呪文のようだ。おそらく、ドア＝バンから学んだのだろう。この〝コンパス〟という道具も、ムルンテ＝ネエクからもたらされたものにちがいない。

巫術師は狩人を見つめて、

「では、マブバハバスに出会って、二重の不名誉を負ったというのだな、レンモ？」

「いえ。後頭部の瘤は、巨大な怪物に襲われたさいのものです……氷河の洞穴で。マブバハバスと遭遇したのは、そのあとです。わたしは部族の名において歓迎の意をしめし、銛をさしだしました。すると、神はこういわれたのです。

〝このしるしを持って、部族のもとに帰り、神に祝福された証拠とするのだ。われわれは大口の祭りを命じるためにやってきた！〟

そのあと、銛の柄で額にこの〝しるし〟をつくりました」

アパシュ＝ファラディは黙って考えていたが、やがて、

「おまえのことはよく知っている、レンモ……その舌がしばしば、見聞していないことをしゃべるのも。しかし、決しておろかではないし、マブバハバスの到来をでっちあげたりもしない……よろしい。これから部族に発表しよう。われわれはあす出発し、神の生け贄をひきうける」

そういうと、串に刺したナントの腿肉をさししめた。従者がそれに、たえずロアークのたれを塗りつけている。

「それで欲求を満たすがいい、レンモ。真実を話した褒美だ。もし嘘だとしても、それはそれでいい。あすマブバハバスに食われるまでだ。せいぜい太るのだぞ」

巫術師は立ちあがると、コンパスを手に、ゆっくり歩きだした。

だが、狩人はもうそのうしろ姿を見送りもしない。ナイフをぬくと、炙り肉を切りとり、震える指でそれを口に運んだ。

3

奇妙な音が聞こえて、目がさめた。火星スナカミがたてるような音だ。

だが、次の瞬間、ここが薄暗い砂の荒野ではないことを思いだす。《ゴースト》のポジトロニクス・コンソールの前だ。目を開けると、コントロール・ランプが明滅をくりかえしていた。音はコミュニケーション・グリッドから聞こえてくる。

「ロルヴィク司令かな？」と、ささやいて、身を乗りだした。

ポジトロニクスのコミュニケーション・スクリーンが明るくなり、グリーンの文字列が浮かびあがる。

〝どうしたいのだ、火星毒虫？〟

わたしは安堵のため息をついた。ポジトロニクスがこういうテキストをつくるはずがない。相手は明らかにロルヴィクだ。

「どこにいるんです、サー？」と、たずねる。

〝どこでもない〟

「それは……どう理解すればいいので？」

〝だから、どこでもないんだ。そうか。あんたの脳味噌は乾燥ナツメヤシだったな！　それはともかく、バーヴァッカ・クラはどこだ、悪党？〟

怒りのあまり、思わず鼻を鳴らす。太ったチベット人の幻影につきあう気はない。

「どこにいったか、知りません。それとも、乾燥ナツメヤシが記憶しているとでも？」

〝航法士席にすわるんだ。見せたいものがある！〟

わたしはしたがった。アルビノがなにを見せたいのか、興味がある。

だが、成型シートの肘かけをつかんだとたん、頭のなかでマイクロ核爆弾が爆発したような衝撃をおぼえた。目の前が真っ白になり、蒸気ハンマーで頭蓋を内部から破壊されたような気がして……気がつくと航法士の制御プレート上に投げだされ、頭部を装甲トロプロン・ドームにぶつけていた。

状況を把握するまで、しばらくかかる。なんとかからだを動かして、制御プレートから下り、操縦席に這っていった。目の前では、星がぐるぐるまわっている。

なにが起きたか、明らかだ。ロルヴィクはわたしに復讐したのである。肘かけと思ったのは、高圧電流ケーブルだったのだろう。以前、チベット人を目ざめさせるために使った手だ。

おのれの不注意を呪う。回線を切断していなかったばかりか、その事実を忘れていたのだ。それをロルヴィクに利用されてしまった。

なんとかおちつきをとりもどし、コミュニケーション・スクリーンを振りかえる。

〝記憶をとりもどすためのショック療法だ、ハイヌ大尉。さ、アミュレットはどこにある？〟

「本当に知っていたら、コンヴァーターに跳びこんでみせるさ、忌まわしい怪物！」わたしは怒りを爆発させた。「あんたの薄汚い幻覚のなかでも、探したらいいだろう！」

〝上官に対する侮辱については、いつかまた話そう。バーヴァッカ・クラはおそらく、《ソル》のわたしのキャビンにあるのだろう。それを持ってきてくれ。でないと、とんでもないことが起きる！〟

「ははは！」と、わたし。「ここは《ゴースト》の司令コクピットですが、サー？」

〝いや！〟

「ロルフスは銀河系における、ヒュプトンの居住惑星でして。現在、ムルンテ＝ネエク基地には、ラール人のほか、ケロスカー二十六体がいるはずです」

〝それはどうでもいい！〟

「現実を見すえてもらわないと。われわれはいまロルフスにいて、《ソル》にはもどれません。《ソル》がロルフスに降りるのも不可です！」

〝ばかをいうな、火星のナイチンゲール！……だが、そのとおりかもしれないな。ロル

フスに着陸してからなにがあったか、すべて報告するんだ！〃

わたしは眠っていた成型シートにもどってすわり、ロルフスに降りてから起きたことを細大洩らさず話した。どういう仕打ちをうけても、老いた怪物がもどってきたのがうれしかったのだ……この不気味な状態を〃もどった〃といえるかどうかは微妙だが。

報告が終わると、コミュニケーション・スクリーンにまたテキストが表示される。

〃いまの話には、矛盾があるな。ムルンテ＝ネエクのラール人が、五次元重力定数の変化で痴呆化するとは思えない。免疫を持っていなかったら、バラインダガルでも痴呆化したはず。違うか？〃

わたしは笑いをこらえた。ロルヴィクもすべてを知っているわけではないらしい。でなければ、こういう反論はしなかっただろう。

「ラール人もそう思って、ミスをおかしたのです、サー」と、応じる。「かれらが計測した五次元重力定数の変化が、バラインダガル小銀河のそれと一致したため、これを大いなる黒いゼロが発するものと同じと考えたのです。しかし、銀河系の五次元重力定数は、完全に同じではありませんでした。そのため、痴呆化は長い時間をかけて、ゆっくり進行したのでしょう。ケロスカーだからこそ、解明できた事実です」

〃たしかに、論理的に聞こえるな……あんたが考えたことじゃないだろうが、火星の砂丘バッタ。ま、いい。それでも、疑問がのこる。ケロスカーだが、かつて銀河系の知性

体を痴呆化させた五次元重力定数の数値を、なぜ知っていたんだ？〃
「知らなかったし、正確に同一の数値でもなかったようです。ただ、痴呆化が起きる定数を知っていただけで」
〃納得はできないが、とにかく結果的にそうなったのだな。で、ガルト・クォールファートはいまどこにいるんだ？〃
「《ソル》にもどりました、サー」
〃あんたはばかか！　ガルトがもどれたのに、なぜ同行しなかったんだ！〃
「ばかじゃありません！」わたしはむっとして、「ガルトはタコ・カクタが連れていったんです！」
〃カクタはなぜロルフスにきた？〃
さっきは省略した部分をあらためて説明する。
しばらくのあいだ、スクリーンにはなにもうつらない。そのあと、ポジトロニクス制御コンソールのコントロール・ランプが、いっせいに点滅をはじめ、うつろなノイズが聞こえてきて……そのあと、ふたたびグリーンの発光文字があらわれた。
〃ケロスカーたち、マルティ次元外挿法を基礎に戦略を立案することにかけては、高度な能力を持っている。だが、それを実行することはできない。だから、われわれが援助しないと、これからも多くのミスをおかすことになる。かれらのもとに行くんだ、ハイヌ大尉！〟

「で、そちらは、サー？」

〝バーヴァッカ・クラを待つ。心配はいらない。それまで、ここで泳いでいるから。火星の子豚みたいに〟

「火星の生物は泳いだりしません！　せいぜい、冷たい砂があるだけですから」

ロルヴィクはもう答えない。コントロール・ランプが消え、スクリーンも暗くなる。

わたしは立ちあがり、必要な装備をまとめると、《ゴースト》をあとにした。あらためて、ムルンテ＝ネエクに向かう。

＊

タルマルクは絶望して、あたりを眺めまわした。這いこむ穴を探しているのだ。

だが、見つかるとは思っていない。ムルンテ＝ネエク内では、ラール人から身をかくす場所はなかった。

いや、かれらに向かっていかなければ。

ルラムカートとソルグクが収容されたキャビンに跳びこむ。

「どうしたのだ、タルマルク？」と、ルラムカートが心配してたずねた。

「ホトレノル＝タアクにヴィジフォンで呼ばれた。基地の大ドームホールで会議をはじめるから、集まれという……われわれ全員だ！」

「いやだ！」ソルグクがどなる。「大いなる黒いゼロにかけて、ぜったいに行きたくない！」

「それより」と、タルマルク。「ホトレノル＝タアクはケロスカー全員といった。ここが重要だ」

「かけひきだな」ルラムカートは冷静に、「ヘトソンの告知者に、われわれのうち三体が消えた理由を説明できるか？　無理だ。かれらは荒野に旅だった」

「もちろん、無理だ。よほどの理由がないかぎり、荒野に出る必然性はないから。ロルフスはあまりに寒すぎる。だが、わたしが恐れているのは、むしろ会議そのものだ」

「わたしもだ」と、ソルグクが、「ラール人の痴呆化について、ヒュプトンがなにか勘づいたのかもしれない。その場合、不快な質問をうける可能性がある」

次の瞬間、キャビンの全員が跳びあがった。ヴィジフォンの呼び出し音が鳴りひびいたのである。

タルマルクがよたよたと装置に近づき、腕でケロスカー用に付加されたスイッチを押しさげる。

ホトレノル＝タアクの顔がスクリーンにあらわれた。

「タルマルクか？」と、たずねる。ラール人には、ケロスカーの個体差が識別できない。

「わたしだ」と、ケロスカーは答えた。

「いささか礼を失しているのではないか、タルマルク? ヘトソンの告知者と、その忠告者であるヒュプトンの代表を、ずっと待たせているのだぞ」ホトレノル=タアクがおだやかな口調で非難する。

「許してもらいたい。これでも急いでいるのだ」

タルマルクはスイッチを切って、同僚を振りかえり、震える声で、

「もう待たせるわけにはいかないな。ラール人はすでに不信を抱いている。出かけよう。告知者にどういう話を聞かせるかは、途中で考えるほかない。なにも思いつかなかったら……それですべてが終わる」

「もう充分に考えた」と、ルラムカートは、「なにかアイデアが見つかればいいが」

そういうと、ソルグクといっしょにキャビンを出て、仲間を呼びにいった。タルマルクは友とわかれ、急いでホールに向かう。

恐怖をおぼえながらも、次々に新しいアイデアを考えだし、分析し、外挿法を用い、集中した。また新しいアイデアを吟味して、外挿し……考えを前進させる。

やがて、思考は膨大な量になり、もはや熟考しつづけているのか、途中で脱線したのか、わからなくなりはじめた。

ドームに到着すると、まずヒュプトンの〝房〟が目にとびこんでくる。いつものよう

に、天井からぶらさがり、無数の個体がたえず上下にうごめいていた。その下には、ラール人が集まっている。

ホトレノル＝タアクは肘かけ椅子にすわって、からだを揺すっていた。その額には瘤があり、治療プラズマを塗ってある。目つきはいつもと違い、どこかおちつかない……どうやら、ひどい恐怖をおぼえているようだ。

その左には、銀河系第一ヘトランの超重族マイルパンサーが立っていた。その顔はひどく傷ついている。左半分は脈動する治療プラズマの層におおわれているが、のこり半分は傷口がぱっくり開いたままだ。傷の縁は高熱のせいで、完全に溶けていた。

右側にはラール人の参謀がいるが、これはほかのふたりほど負傷していない。

ケロスカーはこれらの観察結果を、リフレックスに似た数値コンビネーションとして認識・分析した。すべての変化は、痴呆化状態のあいだに起こったにちがいない。

突然、アイデアを思いつく。痴呆化の空白は、ホトレノル＝タアクもその参謀スタッフも経験していた。しかし、かれらはその原因を知らない……あるいは、理解できない。だから、ケロスカーも同じ経験をしたと訴えても、疑うことはないだろう。

つまり、自分たちも痴呆化していたため、グループの三体が消えたことには、気づかなかったと主張するのだ……いや、友が消えたこと自体も知らなかったといえばいい。驚いたふりをして、あれこれ推測をならべるだけで充分だろう……

はっとして、現実にひきもどされた。見ると、ルラムカートとソルグクが仲間を連れて、ホールにはいってくるところだ。ハッチが閉じると、ホトレノル＝タアクはわざとらしくそちらに目をやり、

「わたしはケロスカー全員がドームホールに集まるよう、要請したはずだ」と、いった。

「だが、三名ほどたりないようだ、タルマルク……貴官はタルマルクだろうな？」

「そのとおり、わたしだ」と、応じる。「実際、いまムルンテ＝ネエクにいるケロスカー全員が、ここに集まったのだ、ヘトソンの告知者。もちろん、三体たりないのは、わたしも認識した。しかし、なぜかはわからない。なにが起きたのか、わたしにも説明できないのだ」

「いないのに気づいたのは、いつだ？」と、告知者はたずねた。

「もしかして、われわれを攻撃した未知の兵器について、なにか知っているのでは？」と、マイルパンサーがつけくわえる。

タルマルクはこれを聞くと、百分の一秒でまた外挿法を用い、それまでの計画を変更した。友三体……スプリンク、ツァルトレク、プラゲイが消えたという事象について、ローダンという間接的な危険の存在を示唆《しさ》することによって、ホトレノル＝タアクとマイルパンサーを攪乱《かくらん》しようと考えたのだ。

「武器の効果については、わからない」と、いった。「わたしが認識したのは、生きる

ためのイメージだけだ。わたしも友も、生きようとしていた。ほかには説明のしようがない」

「もっと具体的にたのみます、タルマルク！」超重族が食いさがる。「あなたがた、なにかを避けようとしているようだ」

「いいたいことはわかる。だが、われわれが認識できたことは、ごくわずかにすぎない。たしかに、われわれはポスビのフラグメント船でブラックホールを通過し、ここにやってきた。その場合、われわれはn次元の静的エネルギーを利用するのだが、これは通常空間の物理的損失をまぬがれる。換言すると、そこに移動することで、電荷的過飽和状態を惹起し、そのため通常の時空連続体から消えることができるのだな」

「そうなると、大がかりな次元崩壊が起きるはずだが、それによる随伴現象はどうなるだろう？　無関心でいいのか？」と、ヘトソンの告知者。

「その認識は幻覚とか、一時的精神錯乱といっていいものになるだろう。それ以前に、崩壊が起きる場所は制限された空間だから、目には見えない。崩落個所がそれとわかるだけで」

　ホトレノル＝タアクの目に、ふたたびきびしい光が宿った。まるで、数トンの重荷がのしかかっているかのようだ。この現象を説明できないと、おのれの安全に関わると思っているのだろう。

平手で椅子の肘かけをたたいて、

「そういえば、貴官は失神していたように見えたな、マイルパンサー！　それに、おかしな……」そこで言葉を切ると、こんどはタルマルクに視線を向けてほほえみ、「そちらの友三名だが、次元崩壊のさい、そこに落ちて消滅したのではないか？」

「あるいは」と、ケロスカーは応じた。

「次元崩壊から帰還できる確率を、計算できるだろうか？」

「計算できるが、確率は最小限だ」

「よろしい。すると、消えた貴官の友がもどる可能性も、皆無《かいむ》ではないのだな？」

「電荷はしだいに減少する」タルマルクは慎重に答える。「その数値がある一定の下限をこえれば、ふたたび出現するかもしれない」

「では、消えた三名はどこかでまた、ノーマル連続体にもどるというのか？」と、ヒュプトンの代表が口をはさんだ。

「復帰するとすれば、おそらくこの惑星のどこかだろう」これで、逃亡した三体が荒野で発見された場合も、とりあえず説明がつく。

「では、この件はもういいな」と、ホトレノル＝タアクが、「では、会議の本題にはいろう」

＊

「結局のところ、なにが起きたか、まるで解明されていないではないか！」と、ヒュプトンの代表がいった。齧歯類に似た異生物たちは、混乱してさかんに動きまわり、ささやき声をあげている。ひどく神経質になっているらしい。「貴官の参謀二名はミスをおかしたようだ、ホトレノル＝タアク。見たところ、第一ヘトランはエネルギー・ビームで負傷している。なにが起きたのか、すべて説明してもらいたい！」

ヘトソンの告知者は一瞬、また自信を失いかけたようだ。しかし、すぐに気をとりなおして、

「なにが起きたか……すでに論じたとおりだ」と、応じた。「次元崩壊が発生して、ケロスカー三名が消えた。短時間ながら、全員が精神錯乱にみまわれ……その結果、さまざまな出来ごとが起こったようだ。操作ミス、なぐりあい、銃撃といったようなことが。しかし、だれもそれを記憶していない。貴官たちも同じだと思うが」

「われわれは精神錯乱を経験していない」と、ヒュプトンが反論。「だが、遺憾ながら、なにが起きたか観察できなかったのだ。ずっとこのドームホールにいたから」

「本当に錯乱しなかったと、証明できるのですか？」と、マイルパンサーがたずねる。

「証明はできない」代表はそういうと、べつの個体に場所を譲った。

「超心理的現象に対し、免疫を持っているようには見えないが」と、アスクラートが口をはさむ。タルマルクはコメントをひかえるよう、身振りでしめしたが、間にあわない。

超重族がこうべをめぐらせ、ケロスカーをにらみつけた。

「超能力を持つ生物は、同種の現象に免疫があるはず」そういうと、ラール人に視線をうつし、「ヒュプトンが免疫を持つとすると、この現象はそれと同種の超心理効果があったことになります、告知者。かれらの能力とは、どういうものなのでしょうか？」

ホトレノル＝タアクは石になったように表情を変えない。

「われわれにとっては、とるにたりない能力だ」と、そっけなく答える。

マイルパンサーは皮肉な笑みを浮かべて、

「おお、失礼！　ですが、信じられません。このところ、あなたの論理がどこか正常でないと、いつも感じてきました。その理由が知りたいのです。答えてください！」

ラール人は振りかえると、第一ヘトランを見つめ、

「口をつつしめ、マイルパンサー！」

ヒュプトンの房がおちつきを失って動きはじめ、ほとんど球型になった。しかし、やがてもとの形態にもどり、代表が下端まで降りてくると、

「部外者に話す必要はない！」と、叫ぶ。「公会議の安全に関する情報は、秘密にしておくのだ！」

「そういうことだ、第一ヘトラン」と、ホトレノル＝タアクはいった。「その意見はひっこめて、公会議に忠誠をつくすべく、努力してもらいたい」

超重族は大きく息を吸いこみ、吐きだした。巨大な胸郭が上下するのが、はっきりわかる。表情は暗く、目は輝きを失って……

だが、数秒で内なる葛藤を克服し、ふたたび悪名高い皮肉な笑みを浮かべた。ラール人の優越を思いしらされるたびに見せる、いつもの反応だ。

「意見を撤回し、公会議への献身を誓います」と、はっきりいう。

「感謝する、銀河系第一ヘトラン」ヘトソンの告知者は真剣に応じた。「貴官の忠誠心を確認した。これからも職務に全力を傾注してもらいたい」

「でないと、わたしは〝除去〟されるというわけですね」と、マイルパンサーは無頓着につけくわえると、「ですが、話題をもどしましょう。ケロスカーもヒュプトンと同様に被害をまぬがれ、三名が消えたのにはべつの理由がある……わたしはそう思います。かれら上位アブストラクト思考能力は、超心理的な能力に匹敵するはずなので」

「その点はまちがいない！」タルマルクは肯定した。

ホトレノル＝タアクはほほえみ、

「ようやく本題にもどったな。ここで話を整理しよう。途中で口をはさまないでもらいたい。時間がないから。

わたしはラール人の故郷銀河に遠征部隊を派遣し、かれらはこの……混乱が起こる直前に帰還したもの。種族の政府に現状を報告し、最新情報を持ち帰ったのだ。それによると、ケロスカーの故郷であるバラインダガル銀河はもはや存在せず、公会議指導部はわが種族の銀河とのコンタクトを断ったという。遠征部隊が傍受した通信も、ひどく歪曲していたそうだ。しかし、この報告にまどわされる必要はない。反対だ。われわれとしては、現在の義務を遂行するまでである……ただし、より注意深く」

「われわれに相談なく行動したことについて、謝罪がないぞ、ホトレノル＝タアク！」と、ヒュプトンの代表が抗議する。

「そのとおり！」と、ラール人は冷ややかに応じた。「つまり、謝罪する必要は認めないということ。わたしはこの銀河における、公会議の最高指揮官として、管轄領域の安全が危険にさらされると判断した場合、秘密調査を実施する権限を有している」

「われわれとしては、貴官の行動こそ、安全を脅かすものと考えている」と、ヒュプトンは、「貴官は公会議諸種族のあいだに、不和をもたらそうとしている」

「わたしの代表権に、疑いがあるといわれるのか？」告知者はきびしい口調で反論。

「いや。しかし、こういう不安定な状況における意志決定には、公会議諸種族の代表による投票が不可欠だ。貴官はその原則を無視している」

「ばかな！　わたしは情報を入手したかっただけだし、なにもかくしてはいない。むしろ、貴官のほうが、わたしがなにか発見するのを恐れているのではないか？　そういう印象がしだいに強くなってくるのだが」

「ヒュプトンは公会議に忠誠を誓っている！」と、代表は断言する。「おそらく、ほかの諸種族より誠実だろう。われわれ、ケロスカー三名が消失した件についての説明を疑っているし、ラール人が申したてる〝一時的混乱〟についても信用していない。そのため、種族として貴官に要求する。ラール人がたえずケロスカーを監視し、実際にはなにが起きたかをつきとめるのだ」

ホトレノル＝タアクはすばやく状況を把握した。ヒュプトンの提案をうけいれることで、この場を収拾するべきだろう。

「いいだろう。必要な処置を講じる」そういうと、ケロスカーを振りかえり、「タルマルク、貴官と同僚も同意して、行方不明者がもどるまで、基地から出ないでもらいたい！」

「言語道断だ！　謝罪をもとめるぞ！」タルマルクは抗議した。

「謝罪はする……貴官の陳述どおりに、行方不明の三名があらわれたら」と、ヘトソンの告知者は鷹揚《おうよう》に、「それまでは、この決定をうけいれてもらう。わたしはこの銀河での出来ごとすべてに責任があるのだ。では、会議を終了する」

4

ヘル＝コタ＝トレン＝アアアクの人々は、歓喜に酔った。アパシュ＝ファラディの公告で、この世にマブババス三体が出現したと知ったのだ。

人々は翌日のために投網を修理し、ナイフや短刀の刃、青銅の銛を磨いた。

ほかのオンタク人は地面の窪みに木の杭を打ちこみ、大きな車輪を銅の釘で補強し、銅製のポットをきれいに掃除する。

〝夜の目〟ふたつの光が衰え、ちいさな光の母が地平線にあらわれた。人々は出発の準備を終える。老いた族長ドンク＝バン＝ケムも、遠征隊に同行するが、長い行程を歩くのは無理だったため、担ぎ棒二本つきの特製〝輿〟が用意されていた。

族長は磨きあげた青銅の兜《かぶと》をかぶり、海藻のリングを飾りつけた妻三人をしたがえてあらわれると、みじかいスピーチを読みあげる。すっかり歯がぬけているため、言葉はほとんど聞きとれないが、それでも聴衆は熱狂的に拍手喝采した。

そのあと、力持ちの妻たちの手で〝輿〟に押しこまれる。

老族長は兜を押しあげた。もともと、頭にフィットするようにつくられたのだが、最近はすぐにずり落ちて、視界をさえぎるのだ。最後に、右手を高くかかげる。

出発の合図だ。

アパシュ＝ファラデイは狩人のグループに同行した。戦士はヘル＝コタ＝トレン＝アアク部族のもとにのこらなければならない。ウィン＝ブール＝カフ＝シンが留守を急襲するかもしれないから。

レンモは巫術師のそばにしたがっている。できれば、この〝特別待遇〟を返上したいのだが、アパシュ＝ファラデイが許してくれないのだ。狩人は前夜、空腹を満たしただけでなく、ベムブラキをしこたま飲んだ。その結果、けさはひどい頭痛と吐き気に悩まされている。しかし、ほかに選択の余地はない。

アパシュ＝ファラデイは右手に塩を詰めた中空の棒を、左手にコンパスを持っていた。レンモは右手で老人のナイフをかかげ、自分の槍は左手にかまえている。この状態がつづくと、頭痛も吐き気もますますひどくなりそうだが、〝神〟にふたたび遭遇するまでは、がまんするほかなかった。

一行は雪におおわれたツンドラ地帯を進む。ところどころ、マブバハバスがひそんでいるらしき場所があるものの、あの巨体は見つからない。

レンモは冷や汗をかきはじめた。腹がついに〝叛乱〟を起こしたのだ。だが、ひどいことになる直前、アパシュ＝ファラデイが小休止を命じる。

巫術師はあえぐ狩人のかたわらにやってくると、小声で、

「これがすべて嘘だというのなら、告白するのはいまだぞ。わたしとしては、無意味な行軍をつづけたくはない！」

「嘘じゃありません！」狩人はかろうじて、「フルラ＝ホア＝ホアに誓って、わたしはマブバハバス三体に遭遇したのです！」

「フルラ＝ホア＝ホアに誓うというのなら、信じよう」と、巫術師はおごそかにいった。「だが、オンタク人は肉泥棒を決して許さない。さらに、火の精霊に嘘をつくとなると、その業罰は恐ろしいものになるぞ」

助手のひとりに合図して、レンモに水を吹きかけると、脂の乗ったヴァルヴォの肉片をさしだす。

だが、次の瞬間、リント＝ヴァッシのグライダーがあらわれた。あっという間に接近してくる。アパシュ＝ファラデイは狩人たちに、雪のなかにかくれるよう命じた。

グライダーは巫術師のすぐそばに着陸。窓が開いて、針金のような頭髪の異人が顔をのぞかせる。ついで、ちいさな箱をさしのべた。

「おまえの名は？」と、箱から声が響く。リント＝ヴァッシはほかにもなにかいったが、オンタク人には理解できない。

「わたしはアパシュ＝ファラディ」と、巫術師は答えた。

「アパシュ＝ファラディ」と、箱はくりかえして、「ファラディというと、テラナーの名に似ているが」

「ムルンテ＝ネエクを訪れて、ドア＝バンからさずかったのです」巫術師は誇らしげにいう。

「ドア＝バンは正式にはテラナーという。ま、どうでもいいが。なぜムルンテ＝ネエクを訪れたのだ？」

「かれらの秘密の一端に触れるためです。実際、かれらは非常に賢明でした。また、寺院にもよく行きました。ムルンテ＝ネエクにある、わが種族の聖地に建てた寺院です。ドア＝バンは非常に力強い神を崇めていましたが、あなたがたの神のほうが、はるかに強力なのでしょう。でなければ、かれらを追いだせなかったはずですから」

「そのとおりだ。われわれのもとを訪れたいか、アパシュ＝ファラディ？」

老オンタク人はその〝招待〟をうけたいようすだった。リント－ヴァッシのもとに行けば、ドア＝バンより多くの奇蹟を目《ま》のあたりにできると期待したのだろう。しかし、マブババハバスを迎えるという、部族に対する義務感のほうが勝ったらしい。

「ご命令なら、まいります」と、答えた。「ですが、許されるなら、部族のもとにとどまりたいと思います。きょうあたり、重要な神が到来するかもしれないので」

リント＝ヴァッシはみじかい声を発したが、箱はなにもいわない。そのあと、

「おまえが神に会うというのなら、じゃまはしない、アパシュ＝ファラディ。たしかに、テラナーはおまえたちより利口だったな。では、神によろしく伝えてくれ！」

「あなたの名において、祈ります」と、巫術師が約束する。

リント＝ヴァッシはもう一度、なにかつぶやいたあと、頭をひっこめ、窓を閉じた。

老オンタク人はグライダーが空中に浮かぶと、誓いの言葉を述べながら、コンパスを高くかざす。そのあと、部族の者に、小休止の終わりを告げた。マブバハバスの捜索が再開されるのだ。

＊

白い迷彩シャツになりそうなのは、ダライモク・ロルヴィクの寝間着しかなかった。といっても、もちろん新品なので、でぶの汗を吸いこんではいない。

たしかに、わたしには大きすぎるが、ツンドラの雪原で発見される危険は、それだけちいさくなる。

わたしはゆっくり寺院ドームに向かって這い進んだ。前にも一度、かくれた場所だ。ここでフルティシュ＝パンに再会できるかと期待したのである。ラクトン人はガルト・〝ポスビ〟・クォールファートたちがスタートして以来、姿を見せていない。ひどく個

性的な生物で、単独行動を好むのは明らかだ。必要がないかぎり、ほかの知性体とはコンタクトしないらしい。

はっとして、雪のなかに顔を押しこんだ。百メートルたらずの距離に、ラール人のグライダーがあらわれたのだ。三十秒間、そのまま身動きせず、それからゆっくり顔をあげる。グライダーは消えていた。

「素人の技だが、効果的だな！」と、だれかがすぐ近くでいう。

見まわしても、相手の姿はない。しかし、声でラクトン人だとわかる。しばらくして、友が立つ場所も判明。雪の上に窪みができていたのだ。

わたしは雪玉をつくると、パンの顔があるあたりに投げつけた。

鼻を鳴らす音が聞こえる。これもラクトン人の癖だ。

「見つけたぞ、パン！」と、声をかけた。

「久しぶりだな、タッチャー！」と、答えがある。「なぜ雪を投げたんだ？」

「冗談さ」

「冗談？　それはなんだ？」

ラクトン人はユーモアを知らないのだろうか？　そういえば、これまでパンが大笑いしたり、冗談をいったことはなかったような気がする。

「冗談は人間の属性というか、感覚的なものだ。論理的だが無意味な行動もあれば、はじめから不合理な言動をさししめすこともある。存在を維持するための息ぬきといってもいい」

「理解するよう、努力しよう、タッチャー」と、ラクトン人はいった。「それはともかく、ここでまだ話をつづけるつもりか？」

「まさか」と、わたし。「先に行ってくれ。あとを追うから」

ドームにたどりつき、なかにはいる。ラール人がいないことを確認して、寝間着をぬいだ。

パンの輪郭が、なにもない場所からあらわれる。テレポーターの実体化に似て、いつ見ても魅惑的な光景だ。

パンはわたしより小柄だった。プラスティックのような甲羅におおわれた優美な生物で、頭部は中世の騎士がかぶった兜に似ている。

「ずいぶん長く消えていたな」と、声をかけた。

「必要があったんだ」と、ラクトン人。「基地で重要な会議があってね。その結果、ケロスカーにとって不利な結論が出た」

わたしはため息をついて、

「すると、でぶの怪物は正しかったわけか。で、ケロスカーの友はなにをしたんだ？」

「実際にはなにもしていない、タッチャー。そのかわり、同僚三体の消失について、みごとな説明を考えついた。つまり……ブラックホールを通過するさいには、電荷的な過飽和状態が惹起され、大がかりな次元崩壊が起こるそうだな。で、ケロスカーは三体がそれにのみこまれて、n次元に移行したと主張したんだ。ホトレノル＝タアクはこれを、痴呆化しているあいだに起きた、説明不能な出来ごとと思いこんだ」

「でも、やつはケロスカーを信用しなかったんだろう？」

「そうじゃない。ホトレノル＝タアクはその話を信じた。異議を唱えたのはヒュプトンなんだ。連中、三体が帰還するまで、ケロスカー全員を監視下に置くようにもとめたんだな。間の悪いことに、ヘトソンの告知者はその直前、ヒュプトンと気まずい状況になっていた。それで、この要求をうけいれることで、関係の修復をはかったのさ」

「すると、ケロスカーはラール人とヒュプトンが和解するため、スケープゴートにされたのか」と、わたしはつぶやいてから、またパンに視線をやって、「しかし、そうなると三体がムルンテ＝ネエクの外で発見された場合、嘘がばれるな。次元崩壊で消えたといってしまったのだから」

「そのとおり」と、ラクトン人は、「だから、きみはあの三体を、ラール人より先に見つけなければならないわけだ」

それは理解できる。しかし、ひとりで荒野をさまよっても、発見できるとは思えない。

「きみも協力してくれ、パン」と、たのんだ。

「無理だ、タッチャー」と、カメレオン生物。「わたしは基地にとどまって、ラール人とケロスカーを見張らなければならない。きみのその隠れ蓑では、監視役は無理だからな」

「これはロルヴィクの寝間着なんだ」と、わたしは肩をすくめて、「ま、いい、パン。でも、また情報を交換しよう。そうだな……次は五時間後に」

「五時間だな、わかった」と、ラクトン人は手をさしのべ、「では、またあとで、火星人！」

＊

わたしはパンと握手をかわした。

このラクトン人は〝時間テレポーター〟である。制限つきながら未来に行けるほか、空間も移動できる……ただし、その範囲は惑星内にかぎられているし、未来に到達しても、干渉はできないが。つまり、その能力を行使するあいだは、絶対的にパッシヴな存在となるのだ。とはいえ、当然ながら情報収集は可能だった。

パンが意識を集中しはじめると同時に、奈落の底に落ちていくような感覚をおぼえる。目の前が真っ暗になり……だが、その感覚は長くはつづかない。やがて視界がもどってきた。暗いのは相いかわらずだが。

もっと考えて行動するべきだった。どうやら、ここは洞穴らしい。パンが時間テレポーテーションする前に、投光器をつけておけばよかったのだが。しかし、時間テレポーターのパートナーとなったいまは、すべてがパッシヴな状態にとどまったままになっている。

数分が経過したが、自分がいるのは氷河のなかの洞穴だということしかわからない。パンと手をつないでいる感触がなかったら、自分が存在しているかどうかもはっきりしなかっただろう。

突然、ひっかくような……あるいはひきずるような音が聞こえた。暗黒の〝前方〟からだ。原住種族と遭遇するのか？　悪臭をはなつ若者と戦うのはごめんだ。パンがそうなる前に、適切な場所に移動できればいいのだが。

当然ながら、時間テレポーターはその〝ノーマル時間〟には属さないから、もし荒野でかれらに出会っても、銛や槍で攻撃される心配はない。

ふたたび、奈落の底に落ちていくような感覚があり……気がつくと、ふたたび寺院に立っていた。

「なんだか暗かったが」と、つぶやく。「とにかく、われわれ、もとの場所にもどったようだ」

「前を見るんだ」と、パンがうながした。「原住種族は木を積みかさねて、火をつけるらしい」

「でも、連中もばかじゃない。氷の洞穴で盛大に火を焚いたらどうなるか、わかっているはずじゃないか……つまり、氷の塊りが頭の上に落ちてくる！」

「たしかにそうだ。氷冠はいずれ崩壊する」と、ラクトン人。「かすかな音も聞こえるな。ヒュプトンの房がたてる音みたいだが……」

「ヒュプトンたち、こういう氷惑星を好むのか？」と、わたしはたずねた。「連中、たしかに寒いほうが快適らしいが、基地内部は暖かかったぞ。空調の条件については、あまり頓着していなかったようだ」

「たしかにそうだ！」と、パン。「もしかすると、いまのは叛乱の相談だったのかもしれないな」

「もう一度、いまのシーンを見られるか？」

「いや。せいぜい、その瞬間が認識できる程度だ」

「前もって投光器にスイッチを入れておけば、もっとはっきり見えるだろうか？」

「そうはならないんだ、タッチャー」ラクトン人は説明を試みた。「われわれは未来をのぞくさい、絶対的にパッシヴな状態を運命づけられているし、その原則は装備にまで適用される。だから、現在界で投光器を作動させたとしても、それは未来界では機能しない」

「ただ観察するだけっていうわけか」わたしは思わず悪態をついて、「なるほどな!」

「そういうこと。さて、わたしはラール人とケロスカーの監視をつづけるぞ」

ふたりはまた握手をかわし、次の瞬間、また奈落の底に落ちていくような感覚をおぼえて……

気がつくと、ふたりは氷河のはしに立っていた。表面の氷が小恒星の光をにぶく反射する。近くには、原住種族のグループがいた。いずれも武装しているところを見ると、狩人か戦士らしい。一列縦隊で行進し、先頭には老人と若者が立っている。

グループはさらに近づいてきたので、観察は容易だ。先頭のふたりのうち、老人はおかしな顔つきで漆黒の毛皮につつまれ、若いほうの毛皮は黒檀の色に近い……わたしが洞穴で戦った相手だ。

縦隊のなかほどには、明らかに高齢な個体を乗せた籠があり、それを四体がかついでいた。その〝人物〟は青銅の兜をかぶっていたが、ずれて視界をふさぐらしく、さかんに位置をなおしている。とても狩猟または戦闘に参加できるとは思えない姿だ。それでも同行しているところを見ると、このグループのリーダーなのだろう。重要でない者を、こうして運んでくるはずがない。

先頭を歩く老人は、わたしの数歩手前までくると、いきなり叫び声をあげた。一瞬、発見されたのかと思ったが、それはありえない。われわれはべつの時間平面にいるのだから。しかし、それでも老人はなにか感じたようだ……理由はわからないが。

それが合図だったのか、リーダーの運搬係がべつの四体と交代した。先頭の老人は左手をたびたび振りあげながら、ずっと話しつづけている。

その手になにか握っているのに気づき、よく見ると、テラ製のコンパスだった。しかし、それで方位を見るわけではないらしい。おそらく、どこかであれを拾って、一種の宗教的道具にしたのだろう。

話はなかなか終わらない。なにをいっているか、知るよしもないが、何度も〝マブバハバス〟という単語がくりかえされる。どうやら、このグループにとって、特別な意味を持つ言葉らしい。

しばらくすると、縦隊はまた動きはじめた。われわれのすぐ前で立ちどまったのはなぜか、結局わからなかったが……

次の瞬間、それが目にとびこんできた。

硬く凍った雪の上に、はっきりしたシュプールがのこっていたのだ。深い円形の窪みと、もっとちいさな浅い窪みからなる足跡だ。

おそらく、狩猟対象となる動物のものだろう。つまり、このグループは戦士ではなく、狩人ということ。

しかし、その動物を目にする前に、パンはノーマル時間平面にもどった。わたしはさっそく、いま見たものについて話そうとしたが、ラクトン人は警告の身振りをすると、また姿を消してしまう。

その直後、ラール人の話し声が近づいてきた。

あわてて、ホールのなかを眺めまわす。奥に祭壇があり、埃だらけの黄金プレートが飾ってあった。そこに近づいて、蓋を発見。開くと、なんとか通れそうな坑道になっている。わたしはすばやくそこにからだを押しこみ、内側から蓋を閉めた。

次の瞬間、ぎょっとする。ロルヴィクの寝間着を忘れてきたことに気づいたのだ。しかも、ホールの中央に置いてきてしまった。もしラール人がやってきたら、見落とすはずがない……

5

「もう動けない！」と、プラゲイが悲鳴をあげた。

スプリンクとツァルトレクは立ちどまって、仲間を振りかえる。友は氷の斜面になかば横たわり、把握肉垂でつかまるところを探していた。

「この斜面をこえて、上の氷河に出るんだ。そうすれば、しばらく休めるぞ」

そう声をかけながら、ツァルトレクに合図していっしょにひきかえし、足を踏んばって長い触腕をさしのべた。プラゲイは把握肉垂でそれをつかもうとしたが、わずかにとどかない。

「左腕をつかんで、ささえてくれ」と、ツァルトレクにいう。「そうすれば、もっと下まで行ける。プラゲイもつかまれるだろう」

「わかった」

ツァルトレクはいわれたとおりにした。スプリンクはあらためて、四本脚を雪のなかに固定し、右触腕をいっぱいに伸ばす。だが、プラゲイにはつかまるだけの力がのこっていないようだ。

「長くはもたないぞ！」と、ツァルトレクがどなった。

「もうすこしだ！」と、スプリンク。

だが、ツァルトレクは本当に限界に達していたようだ。次の瞬間、把握肉垂をはなしてしまう。スプリンクは斜面をすべり落ちて、仲間に衝突し、そのままひと塊りになって転落。

三体がわれに返るまで、五分以上かかった。からみあった腕と脚をほどき、転げ落ちた斜面を見上げて、負傷していないかどうか調べる。

「基地にもどろう」と、ツァルトレクが、「このままだと、みじめに凍死するか、餓死するだけだ」

「いまは耐えなければ」と、スプリンクは応じた。「最初の洞穴を出たところの湖で、魚を獲ったことを思いだせ。次の湖でも、パラライザーで魚を捕まえられる。そうすれば、新鮮な食糧が手にはいるぞ」

「それで問題が解決するわけではない」と、プラゲイが口をはさむ。「たしかに、生の魚を食べることはできるだろう。でも、動物を殺すとなると……」

「慣れるほかないな」スプリンクはきっぱりと、「われわれ、あきらめるわけにはいかない。種族のことを考えれば、だれか一体が欠けても、それがカタストロフィにつながるのだから」

「で、ペリー・ローダンはわれわれを破滅に追いこんだ」と、ツァルトレクがいった。

「バラインダガルの破滅については、たしかにテラナーにも責任がある」と、プラゲイがつけくわえる。「かれらは信用できない」

「それは間違いだ」と、スプリンクは否定の身振りをして、「わたしはドブラクからすべてを聞いた。テラナーがバラインダガルの破壊を意図したことなど、一度もない。小銀河に漂着したテラナーの一グループが、短絡的行動に出て、無知ゆえにアルトラクルフトを破壊してしまった……それはたしかだ。しかし、それもケロスカーが、かれらに必要以上のプレッシャーをあたえたからだという。その結果、大いなる黒いゼロが制御困難になったのだ……つまり、われわれ自身が間接的に、バラインダガル銀河を滅亡に導いたということ。さらにいえば、そのさい、こちらのミスにより、そのテラナー・グループは全員が死んだそうだ」

仲間が黙りこむ。もちろん、ツァルトレクとプラゲイも、そのことは知っていた。ただ、この絶望的状況の責任を、テラナーに転嫁したかっただけなのである。

「さ、先に進まなければ」と、しばらくしてから、つづけた。「氷河の洞穴にもどって、ラール人の捜索コマンドに発見されるのを待つか、前進して食物を発見し、より暖かな土地に逃れるか、ふたつにひとつだ」

「もしかすると、この急斜面は迂回して」ツァルトレクがそういって、左側をさしめし、「あの岩の張りだし部を登るほうが、早いかもしれない」

「だが、われわれにはせますぎる」プラゲイが反対する。

「でも、やってみる価値はある」と、スプリンク。「さ、行こう！」

三体は四本脚すべてと曲がった肉垂をすべて使って、岩場を登りはじめた。実際、ケロスカーにとっては幅がせますぎる。スプリンクはからだを右の氷壁に押しつけながら進んだが、それでも左足の爪先が出っぱりからはみだしてしまう。なるべく下を見ないように、頭を低くして前方だけに集中しながら、わずかずつ足を前に出した。やがて、幅が五メートルほどある氷のテラスに到着。

振りかえると、ツァルトレク、プラゲイの順であとにつづいてくる。いずれも、同じように頭を下げ、息を切らしてあえぎながら動いていた。じゃましないよう、あえて声はかけない。

やがて、しんがりのプラゲイもテラスにたどりつく。

「成功したな！」スプリンクははじめて声をあげた。「あそこに氷の扉がある。なかにはいって、しばらく休憩しよう！」

＊

アパシュ＝ファラデイはレンモの話を、もはや疑わなかった。狩人がフルラ＝ホア＝ホアに真実だと誓ったから。

もっとも、最終的に確信したのは、奇妙なシュプールを見つけてからだったが。この世界に住む動物はすべて知っていたし、足跡も見わけがついた……ドア＝バンやリント＝ヴァッシのものもふくめて。だが、この足跡はそのどれにも該当しない。つまり、この世のものではないということ。

しかも、足跡は非常に大きく、深い。これをのこしたのは、とてつもなく巨大で重い存在だろう。一方、古い伝承によると、マブバハバスは大きく、重く、太った神であった。そのからだは、部族の全員が満腹するほどの肉からなるという。

だが、遺憾ながらその足跡は、部族の集落がある方向ではなく、氷河に向かっていた……短い夏が終わって以来、大地を浸食しつづける氷原に。

これはどういうことか……？　巫術師には説明がつかなかった。神々は氷河ではなく、ヘル＝コタ＝トレン＝アアアクの主集落に向かうはずなのだ。たしかに、氷河地帯にも部族の集落はある。だが、そこにはわずかな狩人と女がいるだけだ。かれらは氷の洞穴にひそむ、革の飛翔膜を持つ異人の監視にあたっていた。

この異人はリント＝ヴァッシから授かったと思われる道具を使う。もしかすると、かれらの仲間かもしれない。しかし、アパシュ＝ファラデイはその逆だと考えていた。異人はリント＝ヴァッシからかくれ、身をひそめているのだ。それがはっきりしたら、部族は異人を襲って、大量の食糧を得ることができるだろう。当然、かれらを殺しても、復讐する者はいない。

〝捕獲〟のための準備は、ずいぶん以前からつづけてきた。万一、マブバハバス三体が手にはいらなくても、あの異人を襲って持ち帰ればいい。

神々のシュプールを見つめるうち、瞼《まぶた》が痙攣するような感覚をおぼえて、ぎょっとした。なにかがすぐ近くにいるような感覚だ。だが、周囲を眺めてもなにも見つからない。たぶん、幽霊や悪魔があたりを漂っているのだろう。ドア＝バンがいたころには、幽霊も悪魔もいなくなっていた。だが、いまは違う。オンタク人もドア＝バンの神々だけを崇拝しているわけではない。

正直なところ、アパシュ＝ファラデイはドア＝バンの神を捨てた。その判断は間違っていないはずだ。でなければ、ドア＝バンより強いリント＝ヴァッシは、ヘル＝コタ＝トレン＝アアアクを罰したにちがいないのである……

レンモがするどい叫び声をあげ、現実にひきもどされた。

狩人は目の前にそびえる、ぎざぎざの氷壁をさししめす。

「あそこを登ったようです」

「そして、明らかなシュプールをのこした！」と、巫術師はつけくわえた。「おそらく、これは儀式なのだ。われわれは氷の洞穴のなかで、神々を見つけださなければならない。もし発見を望まないのであれば、神々はシュプールをのこさなかったはず！」

「なにかわかったのか？」と、輿の籠のなかから族長が叫ぶ。「寒いぞ。手足がすっかり凍えてしまった！」

「氷河から海に向かって吹く風のせいです、ドンク＝バン＝ケム」と、巫術師。「氷河の洞穴にたどりつけば、そこは暖かいはず。それに、われわれ、まもなくマブバハバス三体を発見できるでしょう」

輿をかつぐ四名に向かって、

「ザイルをつかんで、籠をしっかり固定するのだ。あの氷河の斜面をひっぱりあげなければならない。狩人諸君はそれを手伝え。わたしはレンモといっしょに先行する！」

狩人たちはいっせいに不平を鳴らしたが、それでもいわれたとおりにする。レンモもいっしょについてきた。

この若者は役にたつはずだ。前日の暴飲暴食の罪から完全に回復し、本来の体調をとりもどしている。そのうえ、革の飛翔膜を持つ異人を監視する集落には、たびたび足を運んでいた。いわば、熟練した〝氷原クライマー〟なのである。

シュプールを見れば、太った神々が氷の斜面を登るのに、どれだけの困難があったかがわかった。最終的に、三体は急斜面を迂回したあと、岩の出っぱりを伝って、上まで到達したらしい。

オンタク人は岩の出っぱりを器用に登っていった。まもなく、ひろい氷のテラスに到着。つるつるの氷壁には、搔きむしったような痕跡がある。どうやら、マブバハバスは洞穴の迷路にはいっていったようだ。

背後でうめき声が聞こえ、振りかえる。狩人たちは二グループにわかれていた。一方は先行して、長いザイルで輿をひっぱりあげ、もう一方は後方から押しあげる。

レンモが洞穴をさししめして、

「もうすぐ追いつけそうです、アパシュ＝ファラデイ」と、いった。「神々はとても太っていて、ゆっくりとしか前進できませんから」

「おまえを誇りに思うぞ、レンモ」と、巫術師は、「その毛皮が漆黒だったら、わが弟子に指名するのだが……残念ながら、おまえの黒檀色の毛皮では、後継者にはなれない。知ってのとおり、漆黒の毛皮を持つ者でなければ、巫術師になる資格がないから。しかし、レンモの名は後世まで語りつがれるにちがいない」

狩人は至福感に酔った。自分の名が歴史にのこるのだ。部族にマブバハバス三体をもたらした、偉大なるレンモとして。

「わたしを行かせてください、アパシュ＝ファラデイ」と、懇願する。「マブバハバスを発見したら、すぐにもどって、そこに案内しますから」

「先に進め、レンモ！」巫術師はそういうと、おごそかにコンパスを頭上にかざして、

「コンパスはいつも北をさしめす！」

狩人は歓喜の雄叫《おたけ》びをあげると、洞穴に向かって走りだした。

＊

〝房〟は分解した。個体にわかれて、氷のホールにある生存・保安システムの、通常メンテナンスを実施するのだ。

現在、ここの房の代表を担当するトトムスが、作業の監督にあたる。房がふたたび構築されるまで、ほかのヒュプトンが代表を交代することはない。

とはいえ、氷のホールには、それほど多くの技術設備があるわけではなかった。高度な文明を持つ知性体が、最小限に必要とするものだけだ。たしかに、オンタク人はこの洞穴の近くにも出没するが、防護バリア・プロジェクターとエネルギー兵器があれば、原住生物は恐れるにたりない。

当然ながら、ムルンテ＝ネエク基地におけるヒュプトンのかくれ場は、ラール人が監視している。また、ロルフスにあるほかのヒュプトン居住区も、マイクロ・スパイと五次元スパイ・フィールドが設置されていた。

それに対して、このホールはラール人にも知られていないから、かれらの耳を気にす

ることなく、自由に話すことができる。また、この〝寒さ〟もヒュプトンには快適だから、空調システムを設置する必要もなかった。実際、ここの環境は故郷惑星とそっくりなのである。

影を認めて、振りかえると、ルルススがいた。ムルンテ＝ネエクとここのあいだで、連絡係をつとめるヒュプトンだ。

「そろそろくるころだと思っていた、ルルスス」と、トトムスは声をかけた。ほかのヒュプトンも手を休めて、連絡係を見つめる。

「重要なニュースがある」と、ルルススは、「ムルンテ＝ネエクで会議が開催され、その席上、ホトレノル＝タアクから報告があった。ヘトソンの告知者はラール銀河に遠征隊を派遣し、それが帰還したそうだ」

「その派遣部隊については、なにも聞いていなかったが」と、トトムスが応じる。

「基地のメンバーもだ。ホトレノル＝タアクは相談なしに、計画を立案・実行した」

「それは協力要項に違反している」

「あのラール人は公会議指導部がヘトソンの告知者に委任した、代表権の権限内だと主張した」

「非合理的な主張だ。同時に、公会議指導部を……ほかの公会議諸種族をあざむいている。あのラール人はこの銀河で個人的権力を増大させ、公会議からの離脱を計画しているにちがいない」

「だが、ホトレノル＝タアクが公会議の利益のみを考えている可能性も、完全には否定できない」と、連絡係は反論した。「ともあれ、公会議に不透明な部分が存在しているのは事実だが」

「そのとおりだな」と、トトムス。「われわれは冷徹な考察をもって、問題に論理的に対処しなければならない。それで、会議ではなにが論じられたのか？」

「ケロスカーはわれわれに、なにかかくしている。裏切りを画策しているのかもしれない。たとえば、その会議の席上、部外者であるマイルパンサーに、われわれの超心理性能力のことを示唆した」

「けしからん！」房の代表は声を荒らげた。ほかのヒュプトンたちは縮みあがる。「われわれがパラ論理・心理麻酔医だということを、部外者に知られたら……ヒュプトンの公会議における価値は、半減してしまうではないか。当然、超重族は処分されたのだろうな？」

「いや。しかし、ホトレノル＝タアクは第一ヘトランに、死ぬまでそれを口外しないよう、命じたはずだ。もちろん、われわれも相応の要求をつきつけた……ケロスカーをきびしい監視下に置くように。じつは、かれらのうち三体が、次元崩壊の影響で消えたという報告があったのだ。その説明は論理的に聞こえたが、にもかかわらず、われわれは告知者に疑心を植えつけることに成功し……その結果、ラール人は要求を全面的にうけいれて、監視に同意した」

「すくなくとも、いいニュースがひとつはあったわけか」と、トトムス。「われわれ、全力をあげて、ケロスカーは信用できないと、ラール人に納得させよう。ホトレノル＝タアクをたきつけて、ハイパー数学者を公会議から追放するのが、最終目標になるな。それが成功してはじめて、われわれの地位……公会議における〝第一助言者〟としての影響力を、長く維持できることになる」

突然、警告音がホールじゅうに響きわたった。代表が振りかえると、探知機器に反応がある。侵入者が接近しているようだ。

一ヒュプトンがコンソールに近づいて、スイッチを切り替えた。すぐスクリーン群が明るくなり……雪のトンネルを鈍重に進む、ケロスカー三体がうつしだされる。

「連中、このかくれ場に近づきつつある」と、操作したヒュプトン……ススプトが報告。「発見を阻止しなければ！」と、トトムスはいった。「でないと、連中、いずれラール人に報告するにちがいない」

「あの三体が、次元崩壊によって消えたケロスカーかもしれない」と、ススプトがつづける。「この近くで、ふたたび出現したようだ」

「理由はどうあれ、ケロスカーがここを見つけて、ラール人に通報したら、われわれの公会議内での立場は失われる！」

「連中の注意をそらすことができるかもしれない！」と、スチクスが口をはさんだ。氷のホールで補給を担当するヒュプトンだ。

「だが、三体は接近しすぎている」と、ススプト。

「殺すほかない！」と、トトムスは命じた。「インパルス銃を！　ケロスカーがかくれ場の前に立った瞬間、扉を開けて、発砲するのだ！」

房の全員がいっせいに武器をかまえ、氷のかくれ場につづくハッチに狙いを定める。ヒュプトンは生来の戦士ではないが、ほかの知性体を殺すことになっても、それが種族の利益につながるのであれば、躊躇《ちゅうちょ》はしない。

「いまだ！」と、ススプト。

ケロスカー三体はよろめきながら近づいてきた。トトムスはスイッチを切り替えて、ハッチの開閉メカニズムを自動にセットし、マグネット開閉システムもそれに対応させる。

ハッチが音もなく、左右に開きはじめた。洞穴の天井から水が滴り落ちてきて、床との接合部でふたたび凍結。

だが、完全に開くまでには数秒かかる。ケロスカーたちが気づくには、充分な時間だったようだ。

三体は信じられないほど迅速に反応した。ヒュプトンが発砲する前に、重いからだを投げだし、背後のトンネルに向かってすべっていったのである。

まぶしいエネルギー・ビームが洞穴内の氷に反射して、鬼火のように揺れて見える。しかし、ビームは氷壁に命中して、その部分を溶かしただけだった。群生生物はこういうことに不慣れなため、連続発射はできない……あるいは、知性体を殺害することに対する葛藤のせいで。

いずれにしても、だれもケロスカーを追跡しようとは思わなかった。その前に、周囲にいきなり地獄が現出したから……

6

ケロスカーの上位次元に対応した脳は、洞窟に奇妙な音が響きわたった瞬間、その原因を探る思考プロセスを開始した。一瞬で分析と外挿を終え、それをノーマル領域に反映させる。

それを意識するのとほぼ同時に、命令インパルスが筋肉組織に伝達され、強力な靭帯の束を動かした。

三体は一瞬でものすごい力を発揮し、凍った地面にからだを投げだしたのである。跳躍インパルスは正確で、氷の表面をすべってもよりのトンネルに達するだけの速度が得られた。

スプリンクも、ツァルトレクとプラゲイも、自分たちを狙ったエネルギー・ビームは見ていない。ただ、エネルギー放射のとどろきや、蒸気が噴きだし、氷の天井がきしむ音を聞いただけだ。

三体は最初のカーブを曲がったところで、はじめて立ちどまった。スプリンクが首を

伸ばして、背後のようすを探り、

「ヒュプトンだ！」と、仲間に大声で告げる。「パラライザーを使おう。でないと、われわれがここにいると、ラール人に通報される」

「麻痺させてから、どうするのだ？」と、ツァルトレクがたずねた。

「わからない。わかっているのは、ムルンテ＝ネエクに報告されたら、それで最後ということだけで……」

スプリンクは急いで頭をひっこめる。またエネルギー・ビームがひらめき、一メートルはなれた氷壁に命中したのだ。

「でも、われわれにはかれらを殺せない」と、プラゲイ。

リーダーはふたたび角から首を伸ばした。不明瞭ながら、不気味な音が聞こえてきたのだ。だが、すぐまた友を振りかえって、

「原住種族だ！」と、ささやいた。「連中、ヒュプトンに向かって、エネルギー・ビームのなかを突進していくぞ」

「なんとかしなければ！」と、ツァルトレクが、「虐殺を阻止するのだ！」

そういって、スプリンクの前に出ると、ヒュプトンになにかどなろうとする。だが、口を開いただけで、声は出ない。

恐怖のあまり、麻痺してしまったのだ。トンネルの側面や、ヒュプトンの背後の氷壁

が溶けだし、亀裂が生じると、そこから勢いよく炎が噴きだしたのである。さらに、氷が熱で溶けて流れだし、床に溝をうがちはじめる。

ツァルトレクはショックを克服すると、こんどはヒュプトンを救うため、大急ぎで氷のホールに向かおうとした。しかし、次の瞬間、数メートルはなれた天井が砕け、氷の破片が落下して大きな音をたてる。まもなく、ケロスカーたちの近くにも、冷たい水が流れてくるようになった。

だが、あふれだす前に、天井の穴から巨大な氷塊が落ちてきて、水をせきとめる。穴を見ると、炎が揺れていた。その熱のせいで、穴は大きくなりつつある。だが、数秒後、壁から分離した大岩が、その穴をふさいだ。

とはいえ、反対側の壁からも、水が岩にぶつかり、さかまく音が聞こえてくる。いずれこの壁も崩壊するだろう。

「逃げなければ！」と、スプリンクは叫んだ。

プラゲイが泣き声をあげたが、それを無視して踵《きびす》を返し、力を振りしぼってトンネルを急ぐ。仲間もつづいた。

しばらくすると、また氷のホールに到達する。ひろいが天井は低く、あらゆる方向に側坑が伸びていた。三体はそれをくわしく調べて、ゆるやかに上に向かうトンネルを選ぶ。これなら、水があふれてきても、溺れる心配はなさそうだし、いずれ地表に出られるにちがいない。

しかし、半キロメートルほど進むと、トンネルはふたたび下りになった。

「ストップ！」と、スプリンクが息を切らせながらいって、立ちどまる。「もう一度、考えてみよう。このまま進むべきか、それとも、水がひくまでここで待つか」

「もし、水が押しよせてきたら？」と、ツァルトレクがたずねた。

「耐圧ヘルメットを閉じて、先に進むことになるだろうな」

「でも、呼吸用の酸素はあと十一時間ぶんしかない」と、プラゲイが反論する。「エネルギー・セルも半分は消費してしまった」

「それまで、水があふれたままとは思わない」と、ツァルトレクが、「考えたのだが、この破壊活動は、原住種族が計画したものにちがいない。一定の場所で水をせきとめて、正確な時間に〝水責め〟を開始したようだ。だとすると、水はやがてもっと深いところに流れこみ、危険ではなくなるはず」

「原住種族はべつにしても、ヒュプトンのことがある」と、プラゲイ。「うまく説明できないが、可能ならかれらを救いたい。結果論だが、あの銃撃のおかげで、われわれは溺れずにすんだのだから」

「そのとおり。わたしもそのことを考えていた」と、リーダーはいった。「原住種族はなぜこういう行動に出たのか？　思うに、われわれを救うため、ヒュプトンを襲ったのではないだろうか……かれらの最終的な意図はわからないが」

「もしかすると、われわれを神とみなしているのかもしれない」と、ツァルトレクが同意する。「かれらの村に行ったときのことを思いだした。あの男、食糧の悩みがなくなるといって、われわれを賞讃したもの」

「もうひとつ、凍えることもなくなるといっていた」と、プラゲイがつけくわえる。

「連中は自分たちの目的のため、火を使うことをおぼえたのだな」

「とはいえ、われわれ、原住種族のメンタリティや習慣を熟知しているわけではない」

スプリンクは懐疑的だ。「たしかに。われわれを神とみなす可能性はある。だが、それが崇拝の対象という意味かどうかはわからない。生と死をどうとらえるのかも」

「たしかに、さまざまな形態が考えられるが……」と、プラゲイ。

「それについては、外挿法でも説明できないな！」と、リーダーはいった。「これ以上、頭を悩ませるのはよそう。わたしとしては、前進するほうがいいと思う。もし水が押しよせてきたら、ひきかえすという選択肢もあるから」

ケロスカーたちはうめき声をあげ、ため息をつきながら、ふたたび歩きはじめた……

＊

「これはなんだ？」ラール人の声が聞こえた。

ロルヴィクの寝間着だ！　もちろん。脱いだまま、ホールに置き忘れてしまったのである。とはいえ、責任はチベット人にもある。太りすぎなのだ。もし既製品サイズだったら、身につけたままですんだのだから……

「たぶん、聖遺物のたぐいだろう」と、もうひとりのラール人が答える。「ここは宗教セクトの寺院だからな。ホトレノル＝タアクには、見たままを報告しよう」

わたしは安堵のため息をついた。ラール人は寝間着を重視しなかったようだ。もちろん、ロルヴィクが寝間着の紛失に気づいたら、うるさいことになるだろうが、それはどうでもいい。ロルフスでの人類とケロスカーの活動のほうが、はるかに重要だ……あるいは、ロルヴィクとわたしの活動のほうが。

われわれがスペース＝ジェットで降りてからというもの、ここでは不可解な出来ごとばかり起こっている。思えば、アルビノのコーヒーにスプーン一杯ぶんのグラニュポルを入れたところからはじまったのだった。この薬剤は致命傷を負った宙航士に、おだやかな最期を迎えさせるための、強力な幻覚剤なのである。

しかし、グラニュポルはダライモク・ロルヴィクに対して、まったくべつの効果をおよぼした。幻覚をもたらすだけでなく、その〝幻覚〟と同化してしまったのだ。その結果、アルビノは《ゴースト》のポジトロニクスに侵入し……あるいは一体化して、すべてをコントロールするようになった。

そのあとは……まず、いきなり凍った木星型惑星に遭遇したもの。だが、衝突する直前に、奇妙な光が惑星地表をよぎり、気づいたときには円盤艇ごと、ロルフスの洞穴内にいたのだ。

もちろん、ロルヴィクはさまざまな超能力を発現させており、わたしが知っているのはその一部にすぎない。チベット人との長いつきあいで、その点はよくわかっている。だから、木星型惑星との衝突をまぬがれ、ここに到着できたのも、アルビノの力かもしれない。スペース＝ジェットを数光年、移動させる能力があるとしても、おかしくはないのだ。〝どうやって〟かは、たとえ説明を聞いても、理解できないだろうが。

とにかく、ロルヴィクの超能力は《ゴースト》に〝宿って〟いる。だから、もしラール人に発見されたとしても、ただちにスタートできるだろう。とはいえ、不幸にもそのプロセスは、ミュータントの幻覚のなかで進行するのだが……幻覚から逃れられないかぎり。

そのためには、あの驚異的なアミュレット、バーヴァッカ・クラが必要であった。タコ・カクタは《ソル》にもどって、ペリー・ローダンにわたしの要請を伝えたはずだ。にもかかわらず、バーヴァッカ・クラはこれまでのところ、ロルフスにまだ到着していない……

わたしは現実にひきもどされた。ラール人たちがかくれ場の祭壇に、近づいてきたのだ。

「ホトレノル＝タアクだが、この寺院になにか貴重なものがあると、本気で考えているのだろうか？」と、ひとりがたずねる。

「さあ。とにかく、徹底的に捜索しよう」と、もうひとりが応じた。

めずらしく、汗が分泌されるのを感じる。aクラス火星人は基本的に発汗しないものだが。われわれのメタボリズムは、液体をなるべく長く体内にとどめるようになっていた。それだけでなく、周囲のわずかな水分も、体内にとりこめる。地球のような環境下なら、呼吸と皮膚からの吸収からだけで、必要な水分を充分に摂取できるのだ。

それでも汗をかくのは、置かれた状況がひどく不安定だからだ。パンが介入してこなければいいが。もしそうなれば、ラール人はさらに慎重になる……かれらも幽霊や悪霊の存在を信じているようなので。

だが、さいわい二名は祭壇を通りすぎた。音からすると、ホール内の木箱やケースを次々に移動させ、揺すって中身をたしかめているようだ。

わたしは用心深く蓋を開けると、外に這いだし、ようすをうかがった。

ラール人は木箱の山をわきにどけ、そのいくつかをこじあけて、中身を調べている。床には、とりだした長い衣装、人工宝石、なにがはいっているかわからない壺、スプレー瓶など、雑多なものが散乱していた。

やがて、ひとりがスプレー瓶をとりあげ、同僚に中身を噴霧する。わたしは用心のため、またかくれ場にもぐりこんだ。不用意にそれを吸いこみたくなかったから。スプレーをかけられた男は咳《せ》きこみ、文句をいう。数秒後、べつのスプレー瓶が音をたて、こんどは第二の男が咳きこんだ。

そのあと、〝銀河系の支配者〟というような言葉が聞こえてくる。わたしは耳をそばだてた。

「おお、荒々しくきびしい、偉大な火星よ！」そのラール人は、奇妙にうっとりしたような声で、「われわれ、あなたを崇拝し、賞讃します！」

「われわれをお救いください、より無慈悲に、よりやさしく！」と、もうひとりがつづける。

やはり、同じような声だ。

わたしはまた蓋を開けると、首を伸ばした。ふたりは両手をあげて、寺院の天井を見上げている。

まちがいない。スプレー瓶の中身を吸いこんで、トランス状態になったのだ。おそらく、この宗派の神官は信者にスプレーを噴霧して、ナンセンスなたわ言を信じこませていたのだろう。

悪態をついて、外に這いでた。ラール人がトランス状態にあるうちなら、目だたずに逃げだせそうだ。

立ちあがって、もう一度ラール人を観察。ふたりとも頭を左右に揺らしている。それを見て、インスピレーションを得た。この薬品は健康な者に幻覚を見せるらしい。では、幻覚を見ている者に噴霧したら、どうなるだろうか？　具体的にいうと、幻覚のなかにいるロルヴィクに噴きかけたら、ふたたび人間にもどるのではないか……？

ふたりに近づいて、足もとの木箱を見ると、同じ瓶が三つのこっていた。それをとりだし、宇宙服の大腿ポケットに押しこみ、急いで寺院をあとにする。

「どこに行くんだ、タッチャー」と、耳もとでささやき声が聞こえた。

「ロルヴィクのところさ、もちろん」と、わたし。「きみもこないか、パン？」

「わたしは前にいったとおり、ケロスカーの観察をつづける」と、見えないラクトン人が応じる。「ほかのラール人に見つからないよう、注意するんだ。では、幸運を、タッチャー」

「感謝する！　きみもな、パン！」

わたしはあたりを眺めまわして、近くにラール人がいないことを確認すると、スペース＝ジェットに急いだ。

＊

「賢明だったな。監視者に警報を出したのは、レンモ」と、アパシュ＝ファラディは狩人を讃えた。飛翔膜を持つ異人のかくれ場でなにがあったか、一部始終を聞いたところである。

オンタク人ふたりは氷湖のほとりに立っていた。部族の男たちが手にした松明《たいまつ》があるから、あたりは明るい。湖のいちばんせまいところにかかった、アーチ状の氷の橋が見える。

レンモが謙遜して頭を下げた。頭部の毛皮にはしる焦げ跡が、あらわになる。インパルス銃のエネルギー・ビームが交錯するなか、大胆にもマブバハバスと飛翔膜を持つ異人のあいだに割ってはいったのである……太った神を救うために。

したがって、これはふだんのように、屈辱を意味するものではない。勝利の印であり、部族の全員に誇れるものだ。それに、屈辱の印をふたつ負った不名誉も、今回の武勲で帳消しになる。

「で、飛翔膜を持つ異人はどうなった？」と、巫術師はたずねた。

「大半は溺れて死にました」と、狩人は、「逃げだした者も、部族の兄弟が見つけて、ことごとく殺したはずです。しかし、監視者の面倒をみているうちに、神は見失ってしまいました」

「ともあれ、マブバハバスは飛翔膜を持つ異人の手を逃れたわけだ」と、アパシュ＝ファラディ。「それに、神がどこに向かったか、想像がつくのではないかな？　おまえなら、神との大いなる出会いの場所を、予想できると思うが」

レンモは考えこんだ。

巫術師の言葉は、できるだけ時間をかけて、その真の意味をよく吟味する必要がある。しばしば、独特の大げさな表現を用いながら、教養のない狩人や戦士に困難な任務を押しつけるから。おそらく、それもドア＝バンのところにとどまり、数年にわたって学んだ成果なのだろうが。

やがて、狩人は言葉の真の意味を理解できたと確信して、

「神の道は千の洞穴につながっています。ですが、急いで追跡すれば、どこを通るか、ある程度は予想できるでしょう、アパシュ＝ファラディ」

「千の洞穴か。あの洞穴に祝福を！」

巫術師は大声でそういって、氷の橋に足を踏みだした。レンモはその場にとどまり、輿に目をやる。族長は眠っているようだ……鼾《いびき》が聞こえたから。

そのあと、アパシュ＝ファラディが橋の中央に到達するのを待って、あとにつづいた。この橋はオンタク人三名が同時に通過できるが、それ以上の重さには耐えられない。狩人だから、氷湖に落ちてもなんともないが、崩壊を避けたかったら、一度にわたるのはなるべくひとりのほうがいいとされている。

だが、レンモが氷のトンネルの入口に到着すると同時に、背後で不気味な音が響き、猛烈な水音と人々の叫び声がそれにつづいた。

はっとして振りかえると、橋が崩れ、族長の輿が湖面に落ちている。ほかの狩人は危険を軽視したのか、いっせいに橋をわたりはじめたようだ。ドンク＝バン＝ケムは目をさまして、大声をあげていたが、まもなく水にのまれてしまう。

しかし、だれも助けにはいかない。高齢とはいえ、泳ぎは達者だとわかっているから。実際、族長はやがて水面に顔を出すと、岸に向かって泳ぎだした。一方、狩人の一部は輿に殺到していく。族長の象徴である青銅の兜を、見つけようとしたのだ。だが、もう輿のなかにはなかったらしい。しばらくすると、口汚いののしり声が、レンモのところまで聞こえてくる。

一方、アパシュ＝ファラディは狩人五名を呼んで、族長がもどるのを待たずに、自分につづくよう命じた。時間がないことを知っているのだ。

一行は氷のトンネルをたどり、やがて鍾乳洞に到着。鍾乳石と石筍が不気味なかたちに伸びている。かつて、オンタク人はこれを見て、悪霊や神、ドア＝バン、リント＝ヴァッシなどの姿を想像したものである。

レンモが興奮の態《てい》で洞穴の入口をさししめし、

「マブバハバスはここから出てくるはずです、アパシュ＝ファラデイ！」と、いった。

「よろしい」と、巫術師は応じる。わたしは正面で、「三名ずつ、左右にならぶのだ。わたしは正面で、神々があらわれるのを待つ」

動じたようすは見せない。にぶい足音が聞こえてきても、威厳をたもっていた。やがて、〝肉の山〟が三つ、近づいてくる。その姿を見ると、口のなかに唾がわきだしてきた。だが、一方で不安もある。神々が進んで肉体をさしだすとは思えないから。

「地面に伏せろ!」と、狩人たちに命じた。

六名が反射的に身を伏せる。しかし、巨大なマブバハバス三体から、目をそらさない。これだけの肉の塊りを見ると、それだけで力がわいてくるのだろう。

三体が立ちどまった。ちょうど、巫術師に会いにきたという感じだ。不安にかられて、後退しようとしたようだが、そこで地面に伏せるオンタク人を見つけ、また動かなくなる。

アパシュ＝ファラディは先頭のマブバハバスに近づくと、その足もとにひれ伏し、こっそり足をなめてみた……肉質を調べるために。ひどくまずい。だが、適量の塩を振れば、味もよくなるだろうし、消化にもいいはずだ。

ゆっくり立ちあがると、左右の手の指を一本ずつ口に入れ、口を耳の近くまで横に開いた。

そのあと、口をもとにもどして、古代のしきたりにもとづき、

「大口の祭りにようこそ、神々よ！　ヘル＝コタ＝トレン＝アアアク部族は感謝します。その肉は尊い生け贄に供しますので。さ、こちらにどうぞ。あなたがたにふさわしい調理ができるように！」

神の一体がなにか答えた。その言葉は理解できないが、悪いことではないようだ。巫術師が踵を返して歩きはじめると、あとにつづいたから。

三体は尊い生け贄として、自身の肉を提供したのだ！

7

「もうちょっとガスを使ったら、メントロ?」と、グッキーが冷やかした。成型シートから身を乗りだして、制御プレートごしに透明コクピットの外を眺めている。

メントロ・コスムは笑っただけで答えない。オートパイロットに、最後のリニア機動をプログラミングしているのだ。惑星ロルフスのテレポーテーション・ポイントまで、スペース＝ジェットを正確に飛行させなければならないから。

「ガスだって? なんの話をしているんだ、グッキー?」と、ラス・ツバイがたずねた。円盤艇にはこの三名しか乗っていない。

「ニューガス・タンクのガスさ、もちろん」ネズミ＝ビーバーは平然と、「このボートだけど、飛べなくなったカモみたいに、宇宙空間をこそこそしてるだろ?」

「詩的表現を心がけたか、またはただ間違ったのさ!」コスムがそういって、コクピットの外をさししめす。右舷側には燃えたつ壁があった。「闇のなか、おお、遠い中枢部の核心が、われわれのために輝く!」

イルトは手をたたいて、「ブラヴォ、メントロ！」と、叫ぶ。「しばらくぶりの傑作じゃないか」

「人はもはや若くない」と、エモシオ航法士。いまはサート・フードをかぶらず、手動で操縦している。「人は考える前に、百八十二歳になった」

「でも、老人には見えない。ワリンジャー効果の副作用で、人類の平均余命は二百五十歳ほどまでのびたから」と、ツバイが補足した。

「ついでに、フレデリック・ヴィレッジ教授のとこに行くと、役にもたたない粉薬を飲まされて、場合によっちゃ、ワリンジャー効果の副作用が消えちゃうらしいぜ」と、ネズミ＝ビーバーもつけくわえる。

「だから、気をつけたほうがいいんだ」と、アフロテラナー。「その点、わたしは毎朝、二度シャワーを浴びて、清潔にしているからな」

「最初の一度を忘れたら、どうなるの？」イルトは真剣にたずねた。

「念のため、ふだんから三度浴びるようにすればいいさ」コスムはそういって笑ったが、すぐ真顔にもどって、「注意しろ、中間空間にはいるぞ！」

「ノックなしで？」と、グッキー。

次の瞬間、思慮深くも〝ヴィネトゥ〟と命名されたスペース＝ジェットは、すでに中間空間にもぐりこみ、相対的に光速をこえて、さらに加速していた。特殊装備を満載した円盤艇を《ウィネトゥ》と名づけたのは、ラス・ツバイだった。惑星ロルフスに接近する任務から、敵の野営地にこっそりしのびよる、伝説のアメリカ原住民を連想したのだ。実際、円盤艇には、隠密行動を可能にする放射ダンパーや、高度な対探知システム、構造ショック歪曲装置などが搭載されていた。最後のは、第一の使命を遂行するための特殊装置だ。すなわち、テレポーターがロルフスに降り、任務をはたして帰還するまでのあいだ、ラール人にそれと悟られないための機器である。

スペース＝ジェットには、もうひとつの使命があった。ムルンテ＝ネエクから脱出したケロスカー三体を発見し、目だたないよう基地に連れもどすのだ。

さらに、第三の使命もある。グッキーとラスはア・ハイヌ大尉とコンタクトして、ダライモク・ロルヴィクにバーヴァッカ・クラをとどけなければならない。

とはいえ、気づかれずにロルフスに接近するのが第一段階である。成功する保証はない。ロルフスの状況は一秒ごとに変化し、そこでなにが起こるか、グッキーやラスにも予想がつかないから。

そのため、両ミュータントは意識的に、無意味な軽口をたたきあっているのだ。《ウィネトゥ》はまもなくリニア機動を終え、通常空間に復帰した。

「ロルフスまで、正確に一光時だ」と、メントロ・コスムが告げる。「幸運を祈る……成功も。わたしは二十時間後にもどってくる。時間厳守だ。注意してくれよ！」

グッキーとラスは立ちあがると、手をつないだ。実体化する場所は、自分たちで決めなければならない。とはいえ、ムルンテ＝ネエクに潜入するわけにはいかないだろう。タコ・カクタの報告は信用できる。

「ちゃんと耳を澄ましといてよ、メントロ！」と、グッキーは叫んだ。「つなぎめが錆びつかないように……じゃあね、ばいばい！」

次の瞬間、両ミュータントが消える。コスムは最小限のエネルギー出力でコースを変更すると、ふたたび加速して、中間空間にもどった。

＊

グッキーとラス・ツバイは、氷河の上で実体化した。あたりを眺めまわすと、西のほうにツンドラ地帯がひろがっているほかは、一面が氷の世界だ。たえず風が吹いているため、新しく降った雪も積もらない。

ふたりは歩きだした。どちらも戦闘服の耐圧ヘルメットは閉じていない。探知を警戒して、なるべくテレカムを使わないつもりなのだ。

「見て！」と、イルトが叫んだ。

「もう見ている！」と、アフロテラナーが答える。「どうやら、おまえさんより魅力的みたいだな」

「ネズミ＝ビーバーさまは若い神なのさ！」と、グッキーは誇りをこめて、「これを聞けばわかる……けど、おっと。あんたには聞こえないんだったね。テレパスじゃないから！」

「雑音がひどくても、なにか聞こえるんだな？」と、ツバイ。友が知性体の思考インパルスをとらえたのだと、過去の経験からはっきりわかる。「ラール人か？」

「いんや。もっと原始的な連中のインパルスだな。飢えを解消できそうなんで、多幸症的になってる。それ以外はよくわかんないや」

「それでも、役にはたつ。タッチャーの思考インパルスはどうだ？　もしかすると、ケロスカー三体がどこにかくれたか、知っているかもしれない。テレパシーではハイパー数学者をキャッチできないからな」

「わかってるよ。だから、すこしでも理解できるインパルスは、しらみつぶしにチェックしたんだ。でも、タッチャーも見つかんない。だから、提案なんだけど、混乱したインパルスが集中してる洞穴に、ジャンプしてみようよ。そうすりゃ、もっとなにかわかると思うんだ」

「いいだろう」と、ラスは手をさしのべた。

イルトはそれをつかむと、迷路のような洞穴に意識を集中して、テレポーテーション。

こういう〝あてずっぽう〟のジャンプの場合、岩石など、かたい物質のなかに実体化する可能性もあると思われがちだが、実際にはそうはならない。目標地点にそういう物質がある場合は、出発点に投げもどされるだけだ。

しかし、今回は最初のジャンプでうまくいった。洞穴のなかで実体にもどったのだ。天井までの高さは一・五メートルたらずだが、訓練を積んだ人間ならふつうに歩けそうなトンネルだ。

ふたりとも、胸の投光器をつけて、あたりを眺めまわす。

「長いあいだ、水滴に浸食されてできた洞穴だね」ネズミ＝ビーバーがいった。「あっちのトンネルが上に向かってる。行ってみようぜ」

友の答えを待たずに、つきあたりまでジャンプする。ツバイもそれにつづいた。たがいが見える範囲でテレポーテーションをくりかえせば、それだけ時間が節約できる。

そうやって、ほぼ十分間進み、氷のホールに到達した。壁は部分的に溶け、ホール全体に浸水したあとがのこっている。

「気をつけろ！」と、ラスがいった。「この痕跡を見るかぎり、だれかが大がかりに火を焚いて、故意に周囲の氷を溶かしたにちがいない……おお、あれはエネルギー・ビームが命中したあとだ。ここで戦闘があったらしいぞ、グッキー！」

「もしかすると、ケロスカーたち、原住種族に殺されたのかもしんないね」と、イルトが落胆する。

「そうは思わない」と、アフロテラナー。「ケロスカー二十六体は、パラライザーしか持っていなかった。パラライザーでは、こういう破壊の痕跡はのこせない」

「逃げる途中で、ラール人から武器を奪ったのかもしんないよ」と、ネズミ＝ビーバーは、「とにかく、ぜんぶ流されちゃったわけだ。ケロスカーたち、この氷の迷宮のどっかで生きていればいいんだけど」

ツバイはうなずいた。

あちこちに氷の破片がのこっているなか、水流が襲いかかった方向に進む。やがて、まだ水がのこっている場所に到達。通廊に川がある感じで、流れは非常に早かった。

〝岸〟はせまく、壁は内側にかたむいていて、つかまれそうな岩塊もない。

「飛翔装置を使うリスクをおかすしかないな」と、ラスがつぶやく。

グッキーは無言で背嚢のスイッチを入れ、川の上に浮遊した。胸の投光器をマグネット・フォルダーからはずして、前後を照らしだす。ツバイも同じように飛翔装置を作動させて、ついてきた。

そのまま一キロメートル半進むと、こんどは〝瀑布〟を発見。水が流れ落ちる音は雷鳴のようで、そこから落差が三十メートルほどあるとわかる。だが、途中に大きな氷のブロックがあって、下は見えない。

「視界がきかないね」ネズミ＝ビーバーはそういいながら、瀑布にそって降りはじめた。

最初は左側の壁にそって飛んだが、氷ブロックを迂回するため、いったん反対側による。それが命を救った。また左にもどろうとした瞬間、エネルギー・ビームが闇を切り裂いたのである。

ふたりはただちに急降下し、岸の近くにある岩塊を掩体《えんたい》にとる。一瞬後、こんどはラスの頭上をビームがかすめた。

「相手の居場所がわかった!」と、グッキーが叫ぶ。「背後にジャンプするから、ここで待ってて!」

「相手を見たのか?」と、アフロテラナー。「ケロスカーだったか?」

「わかんない。見たのはエネルギー・ビームの光跡だけで。敵はあっちの氷ブロックにかくれてる」

イルトはそういうと、消えた。

実体化すると同時に、ふたたび飛翔装置を作動させて、射手の背後五メートルに浮遊する。

ヒュプトンだ。明らかに重傷を負っており、コンビネーションのベルトが氷ブロックの割れ目にひっかかった状態で、宙づりになっていた。だが、そういう状態にもかかわらず、インパルス銃をかまえて、目標を探しつづけている。

グッキーはテレキネシスで武器をもぎとり、ヒュプトンを持ちあげて、なめらかな氷

ブロックの上に下ろすと、

「終わったよ、ラス」と、どなった。

一瞥《いちべつ》しただけで、相手が長くはもたないとわかる。瀑布から墜落したさいに、ひどい傷を負ったようだ。どうしていいかわからないまま、発砲したのだろう。いまは抵抗するようすもない。

「なにがあったのさ?」と、公会議の共通語でたずねる。

ヒュプトンはネズミ＝ビーバーを見て、

「オンタク人だ」と、聞きとれないほどの小声でささやいた。「われわれがケロスカーを攻撃しようとした瞬間に、水責めをしかけてきて……」

視線が定まらなくなり、首が不自然にかたむく。

イルトはその目を閉じてやった。

「気の毒に」

「ケロスカーを攻撃しようとした……たしかにそういったな?」と、近づいてきたツバイがつぶやく。

グッキーは額の毛皮にしわをよせて、

「ケロスカーを攻撃しようとしたら、オンタク人が襲ってきた……すくなくとも、このヒュプトンはそう判断したみたいだね。オンタク人っていうのは、この惑星の原住種族だったと思うけど、その原住種族がなんでケロスカーを助けるんだろ？　連中から見れば、どっちも異人なのに」

「本人にたずねるほかないな」と、ツバイが答えた。

ネズミ＝ビーバーは真剣にうなずき、

「そういうこと。連中に聞いてみようぜ、ケロスカーをどうするつもりか、ラス。なんだかいやな予感がするよ」

＊

わたしはスペース＝ジェットの司令コクピットにはいった。同時に、搭載ポジトロニクスのコミュニケーション・スクリーンに、グリーンの発光文字があらわれる。

〝ずいぶん長いこと出かけていたな、火星ミミズ！〟

なにか答えようかとも思ったが、必要はないと判断した。火星にミミズ……環形動物はそもそも存在しないから。

そのかわり、無理やりほほえみを浮かべて、

「それでも、親愛なる司令のもとにもどってきたのですよ」

〝親愛なる司令に、なにを持ってきたんだ？〟

わたしはスプレー瓶をかざして見せた。もちろん、ラベルがついていないから、チベ

ット人には中身がなにかわからない。

「これで幻覚から解放されるかもしれません」

〝ばかをいうな！　その瓶にはなにがはいっているんだ、火星の墓守？〟

コンソールに近づいて、もう一度、考える。だが、ほかに解放する手段があるとは思えない。結局、義務感が勝利した。

「これは幻想をもたらすスプレーでして」と、説明。「ここで使えば、あんたを〝人間のかたち〟にもどせるかもしれません」

「やめるんだ！」突然、テレカムから声が響く。

わたしはポジトロニクスの制御コンソールの前にすわって、

「そうはいかないんです」と、応じると、スプレーのノズルを入力スリットに向け、ボタンを押しこんだ。

スピーカーからはなにも聞こえない。そのかわり、またコミュニケーション・スクリーンに新しいメッセージが浮かびあがる。

〝あんたは恐ろしいミスをおかしつつある、タッチャー。よく聞くんだ、ハイヌ大尉！幻覚剤は幻覚をおさえこんだりしない。この現象は……なんというか、ウルトラ次元のポテンシャルが関係して……〟

そこでスクリーンが消えた。

「なぜやめるんです、サー？」と、たずねる。「出てきてください！」

だが、ロルヴィクはもう答えない。わたしは自分の制御コンソールに向かい、マニュアル・コントロールをためしてみた。しかし、どのボタンも一ミリメートルと押しこめない。

これはおかしい。あらためて考えこむ。搭載ポジトロニクスがブロックされたとしても、すくなくともボタンは動くはずだ。動作を機械的にさまたげるシステムはないのだから。つまり、ボタンが押しこめないという事態は、ありえない。

絶望して、もう一度ためしたが、結果は同じだった。

「ロルヴィク司令！」と、どなる。「出てこられないなら、せめて答えてください！ここで起きていることは、すべてありえない……不可能事ばかりだ！」

やはり、答えはない。沈黙することで、わたしを困らせたいのか？　思うに、チベット人はポジトロニクスと一体化したかどうかに関係なく、もとにもどろうと努力してしかるべきだった。だが、その気配もない。

ため息をついて、朝食をとろうと、自動供給装置のところに行った。だが、次の瞬間、慄然となる。

自動供給装置のボタンも動かないのだ！

かっとなって、近くの制御プレートを次々にためしてみたが、結果はやはり同じだった。完全に逆上して、コミュニケーション・スクリーンに投げつけようと、電動マニ車をつかむ。

だが、持ちあげることができない！

わたしは恐怖のあまり、数分間まったく動けなかった。これは絶対的に不可能な現象だ。せいぜい一・五キログラムの祈禱具を動かせないはずがない。だが、一方ではこれを事実として認めなければならないのである。つまり、不可能事が現実に起こっているということ。

マイナスかけるマイナスがプラスになるように、不可能が重複すると〝可能〟になるのか？

違う。最初の等式はあっているが、二番めのは間違いだ。むしろ、不可能対現実イコール不可能というべきだろう……いや、まだ違う。イコールではない。もしこの数式がなりたつとすると、現実のわたしは〝不可能〟つまり存在しないことになってしまう。

「これは赤目の怪物のトリックだ」と、つぶやく。「わたしがおのれの存在を疑うよう、わざとしむけているにちがいない」

勝ち誇って笑い声をあげ、

「でも、役にたたなかったな。絶対的にたしかなことがひとつあるから。つまり……わたしは実在している！」

暗いままのコミュニケーション・スクリーンに近づいた。司令コクピットの内部照明は生きているので、自分の姿がスクリーンの表面にうつるはずである。

だが、見えない。驚いて、目を凝らしたものの、なにもうつっていない。

「たぶん、表面に反射を軽減する処理がほどこされているんだ」と、声に出していった。

自分自身、その可能性にしがみつく。だが、これまでずっと、自分もロルヴィクの幻想のなかにいたとしたら……

わたしは実際には存在しないことになる！

しかし、下を向けば自分のからだが見えるし、触れることもできた。それだけでなく、飛翔装置も操作できる。

思わず笑って、ひとさし指で装置の作動ボタンを押し……

笑いが凍りついた。飛翔装置が反応しない。

やはり、説明はひとつしかないようだ。わたしは肉体をふくめて、幻覚のなかにのみ存在している。だから、機器の操作ができないのだ。わたしの想像力では、その事実に思いいたらなかったのである。

完全に錯乱し、泣き叫びながら下極エアロックに向かい、外に跳びだした。そのまま走りつづけ、急に黙りこむ。想像のなかで、なにか聞こえたような気がして……

＊

「この住人たち、われわれの到着をよろこんでいるようだ」と、プラゲイがいった。

スプリンクはそれに答えず、周囲をとりかこんだ原住種族の観察をつづける。

かれらは文字どおり最後の力をふりしぼって、この洞穴集落に到着し、住人の熱烈な歓迎をうけたのだった。人々はすぐに火をおこし、太鼓をたたき、戦士と狩人はダンスをはじめた。

コンパスを手にしたひとりが、ずっと三体の前にとどまって、詠唱をつづけている。鼻声の単調な歌で、〝フルラ＝ホア＝ホア〟〝マブバハバ〟という言葉が、たえまなくくりかえされた。

「祈禱師のような地位にいるらしいな」と、ツァルトレクがつぶやく。「好感が持てる種族だ。黒い毛皮や、水搔きのある足をふくめて」

太鼓の音がますます強くなり、ほとんど声が聞こえない。戦士と狩人は足を踏みならしながら近づいてくると、踊りながら円を描く。その踊りもしだいに荒々しくなっていった。女子供はうやうやしく距離を置いているが、やはり太鼓の音にあわせて、からだをリズミカルに動かしつづける。

スプリンクは黙ったまま、いちばん大きな焚き火を見つめた。そのかたわらに、木製の車輪が三つ、ひっぱりだされたのだ。なにに使うか知らないが、どこか気味が悪い。

やがて、その注意が松明に照らされた洞穴にうつった。なかから高齢の個体があらわれたのだ。女の従者三名が、両手で銅製の平皿をかかげて、あとにつづく。これが部族のリーダーなのだろう。ケロスカーたちの前にやってくると、両手をひろげた。

それを合図に、女たちがひざまずき、平皿を前にさしだす。ケロスカーたちにも、その上に載っているものが見えた。

「盗品だ」と、ツァルトレクがつぶやく。

「呼吸装置の圧力調整弁、黒こげになった電熱コイル、マグネット靴底」と、プラゲイが数えあげた。「ねじが三本、ナットがひとつ。半分使ったトイレットペーパー。空箱がひとつ。アームバンド・クロノメーターがひとつ……それに、核手榴弾！」

「ムルンテ＝ネエクの周辺で、無差別に拾ったものらしいな」スプリンクははじめて口を開く。「しかし、なぜ核手榴弾が落ちていたのか……謎だな。連中がおもちゃにしなければいいが」

「たぶん、われわれに敬意をはらって、いちばん貴重な盗品を集めたんだろう」と、ツァルトレクは、「どちらかというと、食べ物のほうがありがたいが」

そういうと、祈禱師に合図して、把握肉垂を口もとに持っていくしぐさをした。大宇宙の知性体のほとんどが、理解できるはずの身振りだ。

しかし、住人の反応は、予想とはまったく違っていた。

祈禱師は両腕をひろげると、いきなりとんぼ返りを打ったのだ。人々は叫び声をあげ、すさまじい音が岩壁に反響する。

次の瞬間、無数の戦士と狩人が押しよせて、三体の防護服にさわった。当然ながら、いままで防護服をあつかったことはないらしく、押したりひっぱったりしている。だが、服を脱がそうとしているのはたしかだ。

ケロスカーたちはあまりの展開に、なすすべもない。パニックにかられて、両腕と四本脚を振りまわした。それにぶつかった住人ははじきとばされたが、数では戦士と狩人のほうが圧倒している。三体はまもなく、防護服をはぎとられてしまった。

そこではじめて、住人の意図に気づいたものの、もう遅い。三体は服を完全に脱がされ、例の車輪に太いザイルで固定された。

「助けてくれ！」プラゲイが悲鳴をあげる。

「ザイルを解け！」と、ツァルトレクがどなり、はげしく身をよじった。

しかし、スプリンクは動かない。原住種族が公会議言語を理解できないのはわかっている。それだけでなく、身振りもまったく異なる意味に解釈されるようだ。要するに、これは原住種族が〝神〟に捧げる〝セレモニー〟にすぎないのだろう。

「そのうち、縛《いまし》めが解かれるはずだ」と、つぶやいた。

また太鼓がひときわ大きく響きわたり、戦士と狩人の踊りがはげしさを増す。

スプリンクは背中に炎の熱を感じた。一方、からだの前面はひどく冷たい……氷のような風が吹いているのだ。その両方を感じながら、セレモニーが終わるのを待つ。

実際、すべては終わりに近づいているようだ。太鼓の音が鳴りやみ、戦士と狩人は立ちどまって、ケロスカーを凝視した。

例の祈禱師が銅製の皿を持って近づいてくる。皿には、きめの粗い灰白色の粉が載っていた。つづいて、従者のひとりも同じように、銅の皿をかかげる。こちらには、細かく砕いた薬草のようなものが盛ってあった。

祈禱師がスプリンクの前に立ちどまる。それから、灰白色の粉を手にとり、それをケロスカーの頭部から順番に、慎重に振りかけていった。

粉の一部が口にはいる。スプリンクはそれをなめてみて、

「塩じゃないか!」と、仲間にどなった。「塩とスパイスだ! この連中、われわれを食う気だぞ!」

プラゲイが失神する。

ツァルトレクは祈禱師を凝視した。蛮人はスプリンクの匂いを嗅ぎ、からだをなめると、スパイスを追加する。

胸の悪くなる光景であった。

8

「多幸症の連中、興奮がクライマックスに達したよ」と、グッキーがいった。

ラス・ツバイは凍ったツンドラの上に立ち、西の海岸を観察している。切りたった崖の上に、揺らめく炎が見えた。

「その情報が役にたつとは思えないな」

イルトは答えない。見ると、愕然とした表情を浮かべている。硬直して、目は開いているものの、なにも見ていない。思考インパルスに聞きいっているのだ。ラスは友の集中を乱さないよう、発言をひかえた。

やがて、ネズミ＝ビーバーは緊張を解いて、

「たったいま、タッチャーの強い感情インパルスをキャッチしたんだ」と、抑揚のない声で報告。「パニックにかられてる。魂の苦悩っていうか、きわだった恐怖っていうか……いずれにしても、危険な状況にあるのはまちがいないよ」

「どこにいるんだ？」と、テレポーターがたずねる。

グッキーはあっけにとられたようすで、「インパルスは同時にあらゆる方向からくるんだ。または、どこにもいないか」と、答えた。

「どこにでも。またば、どこにもいないか」と、答えた。「インパルスは同時にあらゆる方向からくるんだ。なのに、場所を特定できない」

「それはありえない、ちび」と、ツバイは、「個人の思考インパルスは、かならず一点から発信される。だから、メートル単位で正確に探知できるはずだろう？」

「でも、タッチャーのインパルスは、特定のポイントからじゃなく、あらゆる方向からくるんだ」と、ネズミ＝ビーバーが説明する。「どういうことか、ぼくにもわかんない。それに……」

西のほうを見やって、

「向こうじゃ、恐ろしいことが起きつつあるよ、ラス」と、急いでいった。「みじかいインパルスをキャッチした……ケロスカーのだ。気の毒に、とほうもない恐怖に直面してるらしいや。でなかったら、たとえ感情インパルスでも、探知できなかったはずだもの」

手をさしのべる。

アフロテラナーは質問せずに、その手をとった。次の瞬間、両ミュータントは非物質化し、切りたった岩壁の上で実体にもどる。

目が見えるようになった瞬間、ふたりとも瞬間的に状況を把握した。原住種族が燃える炎をとりかこんでおり……火のそばでは、ケロスカー三体が車輪に似た器具に縛りつけられている。

ケロスカーのうち、中央の一体は全身に灰白色の粉と、ダークグリーンの塵を振りかけられ、ザイルから逃れようと、必死でからだを揺すっていた。

なぜ必死になっているか、すぐにわかる。ちょうど、巫術師らしいオンタク人が、その前に立ったのだ。左手にはコンパスを、右手には青銅製の大きなナイフを持っている。なにをする気か、考えるまでもない。案の定、男はナイフを振りかざした。

グッキーはただちに介入。テレキネシスでそのナイフを奪いとり、遠くの暗がりに投げ捨てる。巫術師は反動でよろめき、ケロスカーのすぐそばに尻餅をついた。

そのあと、ラスとみじかい視線をかわし、同時にケロスカーのかたわらにジャンプする。陶酔の叫びをあげていた群衆が、一瞬にしてしんとしずまりかえった。

だれも動かないなか、両ミュータントは自分のナイフをぬいて、ケロスカーたちの縛めを手早く切断。三体は地面に落ちると、大きく息を吐く。

原住種族の若い個体が、青銅のナイフをぬいてツバイに襲いかかった。だが、アフロテラナーはからだを回転させてそれをかわすと、こぶしで一撃をくわえる。男はコンパスを持つ巫術師の足もとに転がった。

だが、これを合図に、群衆がざわめきはじめる。危険な兆候だ。前列の男たちが、うしろから押されるかたちで、車輪に近づいてきた。

「さっさと退散しようぜ！」と、ネズミ＝ビーバーが、「ぼかあ、こっちの二体を運ぶよ」

そういって、二体の把握肉垂をつかみ、友を見やる。ラスが第三のケロスカーとコンタクトするのを待って、意識を集中し、同時にテレポーテーションした。

氷の洞穴で実体にもどる。

ケロスカーたちは恐怖と寒さに震えていた。それを見て、

「もう一度、あそこに行ってくるよ、ラス。この三体には、防護服が必要だからね」

次の瞬間、ふたたび切りたった崖の上に立つ。原住生物たちは大混乱におちいり、大人も子供も無意味に右往左往するか、大声でなにかどなりあっていた。思考の断片を探ると、どうやら〝生け贄の神〟が肩幅のひろい黒い悪魔と、毛皮につつまれた悪霊に、まんまと盗まれたと思っているようだ。

「肩幅ひろき、黒い悪魔ね！」と、思わずつぶやく。「メントロに聞かれないでよかったぜ。でないと、へっぽこ詩の格好の題材にされちまう」

オンタク人数名がこちらに気づいた。叫び声をあげて仲間に知らせ、石を拾ったり、槍をかまえたりしている。

これだけの人数が相手では、テレキネシスを使っても、全員は制圧できない。それで

も、ちいさい個体を選んで雪の上に投げだした。これでいくらか警戒するだろう。

「いい子にしてるんだぞ！」と、どなる。「しずかにしてれば、パパもお仕置きしないからな」

さらに、テレキネシスでケロスカーの防護服をかき集め、そのそばに落ちていた核手榴弾も拾いあげると、そのまま非実体化した。

消える直前、だれかの思考インパルスをキャッチする。〈一本牙の、あらゆる神の支配者！〉

「ぼくを尊敬したぞ！」イルトは実体化すると同時に叫んだ。

「なんだって？」と、ラスがたずねる。見ると、パラライザーでケロスカー三体を牽制《けんせい》していた。

「だれかがぼくのことを〝あらゆる神の支配者〟って呼んだのさ」グッキーは平然と、

「で、なんで友を脅してんの？」

「わたしを倒して、逃げようとしたんだ」と、ツバイが応じる。「すぐ安全な場所に連れていくといったんだが、説得できなくてね」

「服を身につければ、すぐにおちつくさ！」と、ネズミ＝ビーバー。「ぼかあ、もう一回出かけてくるよ、ラス」

「こんどはどうするつもりだ？」

「タッチャーを探すのさ、もちろん！　友の身に、なにか恐ろしいことが起こったらしいからね。スペース＝ジェットを見つければ、近くに火星人とロルヴィクもいると思うんだ」

イルトはそういって、アフロテラナーにうなずきかけると、ふたたび非実体化した。

＊

わたしはようやく、おちつきをとりもどした。

岩のドームで立ちどまり、考えこむ。あたりはいまも、《ゴースト》の投光器のおかげで明るい。

わたしは死ぬことができなかった……死体になる〝実体〟がないから。だから、〝いま〟も死んでいるわけではないだろう。したがって、まだノーマルな状態にもどれる可能性はある。おそらく、いまはダライモク・ロルヴィクと同じ状態になっているのだ……幻影のようななにかに。

とはいえ、ロルヴィクと違って、自分から外界には介入できない。チベット人は搭載ポジトロニクスを支配して、スペース＝ジェットをロルフスに着陸させた。だが、わたしは自動供給装置すら操作できないのである。

あるいは、わたしのやり方に問題があるのか？　もしかすると、ポジトロン流は固体物質とは違うやり方でないと、反応しないのかもしれない……幻影が見えない力に左右されるように。

だが、それをためす前に、やっておくことがある。見えないという利点を活用して、基地に忍びこみ、ラール人の会話を盗み聞きするのだ。すくなくとも、ノーマルな人間と同じように歩くことはできるし、地面に沈みこむこともないから、きっと可能だろう……とにかく、いまのところ、地面を歩けているのはたしかだ。それとも、これも根拠のない妄想なのだろうか……?

氷のホールをつっきって、石の階段に到達し……そこで立ちどまった。いちばん上の段に、ラクトン人の友パンがすわっているのが見えたのだ。正式には、フルティシュ＝パンという名だが、舌を嚙みそうなので、本人の許可を得て〝パン〟とだけ呼んでいる。

「ハロー、パン!」わたしはにこやかに声をかけた。

だが、友は反応しない。そうだった。わたしは〝この〟世界では存在していないのだ。あきらめて、ため息をつく。自分がここにいると、パンに伝える手段はない。

ゆっくりと友に近づきながら、意思疎通する手段がないかと考える。それとも、パンは無視して基地に向かうべきだろうか? そのうち、友が筆記用フォリオを持っているのに気づいた。

三十センチメートル四方のフォリオに、頸からぶらさげた鋼筆でなにか書いている。それがインターコスモならいいのだが……

もちろん、インターコスモにちがいない！　パンとはこれまで、インターコスモで会話してきた。文字も習得したはずである。

わたしは友に近づき、フォリオをのぞきこんだ。

「タッチャーに！」と、声に出して読みあげる。「いろいろ調べた結果、きみが恐ろしい状況におちいったことがわかった。きみにはわたしが見えるかもしれないが、話はできない。そこで、こういうかたちでメッセージを書くことにした。これを読めるといいのだが。

きみになにが起こったか、具体的にはわからない。好奇心に負けて、あえて同じことを試みる気もない。計算によると、テレポーテーションには大きな危険がともなうから。非物質化状態でそちらの〝幻覚〟にもぐりこんだら、きみと同じように実体化できなくなるだろう。そこで、こういうかたちで忠告することにした。

あらためて書く。搭載艇のそばに近づくな。スペース＝ジェットはテレポーターの目標になりやすい。

きみがこのメッセージを読んでくれるといいのだが。そうすれば、いずれすべてがもとどおりになるだろう。きみの友パン」

わたしは感動した。

パンは真の友として行動したのだ……しかも、非常に賢明に。

「感謝する、パン！」と、思わず叫ぶ。友に聞こえないことは、承知していたが。「きみの忠告は忘れないぞ！」

もう躊躇しない。急いで氷のホールをぬけ、ツンドラのなかに跳びだした。

飛翔装置は操作できないので、徒歩でムルンテ＝ネエクに向かわなければならない。わたしは運命の不公平を呪った。この肉体は物理的に存在していないにもかかわらず、歩いたぶんだけ疲労は感じるのである。ともあれ、永遠のなかばが経過したあと、わたしは基地に到達。

夜明けまでに、ラール人の二重の検問をぬけて、基地中央の建物にもぐりこむ。そのあと、三度道に迷ったすえ、ようやくケロスカーが収容されたセクションを見つけた。だが、ドアは封鎖されていて、なかにはいれない。

しかたなく、ドアが開くまで辛抱強く待つ。やがて、一ケロスカーが出てきた。わたしはそのわきを通りぬけようとしたが、計算者のからだが大きすぎて、いくらこちらが小柄でも、すりぬけられない。

しかし、つづいて重武装のラール人が出てきたので、そのかたわらを通過して、なかにはいることができた。

通廊で立ちどまり、周囲を観察。向こうにラール人警備兵二名と、重武装の宇宙兵がいる。つまり、ホトレノル＝タアクはケロスカーを信用していないということ。おそらく、三体がもどるまで、この警戒態勢をつづけるのだろう。

いずれにしても、警戒は厳重だ。これでは、もしテレポーターがケロスカー三体を連れもどすことになった場合、あらたな危険にさらされる。つまり、ケロスカーを連れて実体にもどった瞬間に発見されるということ。その場合、ふたたび非実体化する時間はないだろう。

もっとも、テレポーターが監視されていない場所を知っていれば、そこに三体を置いて、ふたたび消えることもできるだろうが。

しかし、テレポーターがそういう場所を把握しているとは思えない。それどころか、ラール人が監視している事実さえ、知らない可能性が高いのだ。

わたしはしばらく悪態をつきつづけた。とにかく、可及的すみやかにスペース＝ジェットにもどらなければならない。そのうえで、おそらく派遣されてくるはずのテレポーターに、警告するのである。

だが、一方でパンは搭載艇に近づくなと警告した。わたしとしては、どちらをとるべきだろうか？　いいかえると、どちらがより大きなリスクを負うことになるか……？

決定する前に、また事件が起きた。

わたしはそのとき、鏡のようになめらかな金属壁の前に立っていたのだが、いきなりその表面に、自分の左右逆の姿がうつしだされたのである。

思わず叫びそうになったが、かろうじて自制し、すばやく周囲を眺めた。さいわい、遠くにいるラール人二名は、こちらを見ていない。しかし、その一方はゆっくり左右に目を配っている。いずれ、わたしに気づくだろう。

ほかに選択の余地はない。もよりの出入口に忍びより、扉を開けると、なかに跳びこんだ……

9

グッキーは八回のテレポーテーション・ジャンプで、《ゴースト》が到着した岩ドームに到達した。

実体化すると同時に、投光器を逃れて暗がりにひそみ、スペース＝ジェットを観察。着陸脚をひろげた円盤艇は、テラのどこかの格納庫に降りたばかりのように見える。だが、タッチャー・ア・ハイヌがいる気配はない。すくなくとも、イルトの出現にも、まったく反応をしめさなかった。

「気味が悪いな！」と、思わずささやく。「ただのスペース＝ジェットなのに、異世界の巨大な怪物みたいに見えるよ。不吉な力を放射してる……」

ゆっくりと搭載艇に接近。近づくにつれて、さらに歩みが遅くなる。まちがいない。《ゴースト》はからだが麻痺するほどの影響力を発散していた。不可視の、理解をこえた、恐ろしい力だ。

開けっぱなしの下極エアロックを前にして、いきなり名状しがたい恐怖をおぼえる。

とほうもない虚構の鉤爪にわしづかみにされたような……

立ちどまって、恐怖と戦った。怯える必要はないのだと、おのれにいい聞かせる。しかし、それでも全身が震え、最後の数歩を踏みだせない。

いっそ、司令コクピットにテレポーテーションしてはどうか？　だが、むきだしの恐怖を発する、その中心部にジャンプする勇気がない。

それでも、最後は理性が勝ち、からだがコントロールできるようになった。またゆっくりと歩きだし、下極エアロックから艇内にはいる。足もとの床がなにかを発しているような気がしたが、無視して反重力シャフトに向かった。だが、シャフトに跳びこむと、その感覚がさらに強まって、首筋の毛が逆だつ。

シャフトを上昇して、出入口の上にある把っ手をつかもうとした瞬間、ぎゃっと叫んで手をはなした。メタルプラスティック製の把っ手がぐにゃりと曲がったのだ。もちろん、グッキーが曲げたわけではない。ひとりでに歪んで、揺らめき、溶解して……次の瞬間、まったく正常な状態にもどる。

ネズミ＝ビーバーは司令コクピットにはいったところで立ちつくし、震えた。この異様な感覚は円盤艇全体に……それどころか、個々の機器にもおよんでいるらしい。ことによると、《ゴースト》は次元のひだをぬけて、べつの大宇宙に落ちこもうとしているのかもしれない。あるいは、ケロスカーだけが数学的に認識できるという、絶対的虚無である第七次元に……

急いで逃げようとして、タコ・カクタの報告を思いだす。ダライモク・ロルヴィクは奇妙な方法で搭載ポジトロニクスに侵入し、あるいは一体化したという。円盤艇が異次元に消えるとしたら、ダライモクも消え……おそらくは失われるだろう。

逃げるわけにはいかない。チベット人は自分を必要としているし、自分なら、きっと助けられる……なぜそう考えるか、自分でもわからないが。

制御プレートの輪郭がぼやけるのを見ながら、《ソル》から運んできた反重力コンテナを開け、アミュレットをとりだした。タッチャー・ア・ハイヌが持ってくるように依頼した、バーヴァッカ・クラである。さまざまな線刻画が描かれた黒い円盤は、羽根のように軽い印象だが、実際には二キログラムほどあった。

火星人の姿はないし、発見も困難だろう。友の感情・思考インパルスは、いまもあらゆる方向からやってくる。

タッチャーがアミュレットをどう使おうとしていたか、イルトは知らない。ただ、ロルヴィクを幻覚から解放するには、これが必要だということはわかる。チベット人がなんらかのかたちで、コンタクトすればいいのだろうが……

ためしに、ポジトロニクスの入力スリットに、挿入してみることにする。

しかるべき制御プレートに近づいて、テレキネシスでアミュレットを支え、スリットに押しこんだ。次の瞬間、プレートの輪郭がぼやけ、超能力が弱まったように感じたので、作業を急ぐ。

静寂のなか、なにかが割れるような、するどい音が響いて、アミュレットはスリットに消え……

次の瞬間、周囲が暗くなった。ただ照明が消えたのではなく、なにも見えなくなったのだ。グッキーはあわてて、ラスとケロスカーのもとにジャンプしようとしたものの、あやうく思いとどまる。うまく説明はできないが、時空構造が〝ずれた〟ように感じたのである。同時に、あらゆる自然法則が無効になり……あるいは逆転した。

なにが起こったのかわからないまま、大きなため息を洩らす。

その音が司令コクピットじゅうに反響し、あたりがまた明るくなった。見ると、すべての機器の輪郭が明瞭になっている。

ネズミ＝ビーバーはあらためて、安堵のため息をついた。

ポジトロニクスのコミュニケーション・スクリーンが明るくなり、グリーンの文字列があらわれる。

〝感謝するぞ、グッキー！　これでもとにもどれる。それも、好きな瞬間に！　だが、その前に《ゴースト》をスタートさせなければ……できるだけ目だたないように。そのためには、まだしばらくのあいだ、ポジトロニクス内にとどまる必要がありそうだ。あ

んたはそのあいだに、あの役たたずの火星人を拾ってきてくれないか、ちび？〃
イルトは息をのんで、
「ほんとにポジトロニクスのなかにいるの、ダライ？」と、たずねた。「すごくせまいんじゃない？」
〃ナンセンスだな！　わたしは可能なかぎり、最小単位まで分解されている。だから、スペースは必要としないんだ。で、ハイヌ大尉は見つかったか？〃
「いんや。わかってるのは、タッチャーの身になにか恐ろしいことが起こったってことだけだよ。思考インパルスがあらゆる方向から……」ネズミ＝ビーバーはそこで黙りこんだ。
〃わかっただろう？　アミュレットの力で、火星毒虫も解放されたはず。急いで居場所を特定してくれ。すぐに連れもどすんだ〃
「わかった。タッチャーはラール人基地のまんなかにいるよ！　思考も読める。ケロスカー収容セクションは、厳重に監視されてるってさ。そうなると、例のケロスカー三体は、どこに運べばいいだろう？」
〃タッチャーが目につかないと考える場所だろうな〃
「オッケイ！」と、ネズミ＝ビーバーはいった。「火中の栗を拾ってくるよ。うれしいね、タッチャーとあんたを救えて！」

〝本当はそう思っていないんだろう、グッキー？〟

「たぶんね。そう思ってないよ……栗はどうだっていいんだ。じゃ、行ってくるぜ！」

イルトはその場でいらいらと足踏みしてから、ジャンプした。

＊

グッキーは実体にもどるなり、耳をふさいだ。

ラス・ツバイとケロスカー三体が、口論していたのだ……敵対する政党同士のディベートみたいに。

「しずかに！」と、イルトは叫んだ。

ラスと計算者が黙りこむ。テレポーターは疲れきったようすだ。

「どうしたのさ？」と、ネズミ＝ビーバー。

「この連中、わたしの話を信じないんだ。ホトレノル＝タアクの遠征部隊も、確認した事実なのに」と、ツバイがいう。

「そのとおり、ぜったいに信じないぞ！」と、一体が応じた。「それに、基地にもどることも拒否する。われわれを力ずくで敵の手にもどす権利は、だれにもないのだ！　もうひとつ。諸君がわれわれの問題に介入することも望まない」

ネズミ＝ビーバーはうなずいて、

「まい、いいじゃない」と、おだやかに答える。

「ラス、ぼくらの干渉を歓迎しないっていうんだから、原状回復させようぜ。つまり、この頑固頭を原住種族のとこにとどけるんだ。あとは自分たちで、どうにかするだろ、きっと」

「ばかな！　いやだ！」と、ケロスカーがあわてて、「それだけはやめてくれ！　わたしはスプリンク。タルマルクの親友だ。タルマルクを知っていたら……」

「そういうケロスカーは知らないね」と、グッキー。「もう話すことはないな。そうだろ、ラス？」

「ああ、もちろんだ！」と、ツバイは答えた。友の作戦はわかっている。「では、行こうか！」

ふたりはケロスカーの肉体に手を触れた。

「待ってくれ！」と、スプリンクが、「わかった。基地にもどることに同意する。野蛮人に食われるより、ラール人に殺されるほうがましだ」

「じゃ、わかってくれるんだね！」と、ネズミ＝ビーバーは、「でも、もうひとつ、問題があるんだ。基地のケロスカー・セクターは、ラール人が厳重に監視してる。だから、見られずに実体化できる場所を探さないと。どう、そういう場所に、心あたりはない？」

「むろん、ある」ケロスカーのリーダーは即答した。「衛生セクションだ。あそこには、ラール人もはいらない」

イルトは鼻にしわをよせて、

「ネズミ＝ビーバーはラール人より礼儀正しいんだ。遠慮したいね、友よ」

「いや、礼儀は考えなくていい」と、スプリンク。「衛生セクションにはいっても、諸君にはなにも見えないから。むしろ、危険なのだ。個人のプライバシーを絶対的に保証するため、いくつかn次元構造歪曲を設けてあるから。われわれ以外がはいると、理性を失う可能性がある」

グッキーは手を振った。

「その点は心配ないよ。《ゴースト》では、もっと異常な体験をしたから。そのn次元腱挫傷のほうがましさ。あんたはどう、ラス？」

アフロテラナーはにやりと笑って、

「わたしはいつも悲観論者でね。鏡をのぞくと、いつも暗い顔が見えるから」

イルトも巨大な一本牙を見せる。

「そいつはすごいや、ラス。でも、その話はまたあとで聞かせてもらうよ。ね、あんた、スプリンク。その場所をくわしく教えてよ。すぐに連れてくから！」

両ミュータントは数分でそのポジションを把握した。そのあと、ケロスカーを連れて意識を集中してジャンプし……不協和音の混沌と、ひらめく無限の幾何学模様が、渦まき流れる空間で実体にもどる。

「見えない雲のなかにいるみたいだな。ただの雲じゃなくて、星雲だ。そこから、光速の九十九パーセントで遠ざかってる」と、イルトはいった。「もっと正確には……〝知らないなにか〟に満たされてる感じかな。または、絶対的になにもわかんないか」

「これがn次元構造歪曲だ」と、スプリンクが、「徒歩でははいりこめない。だから、ラール人もあえてここにはやってこないのだ」

「わたしはあえてやってきたぞ」と、だれかの声が響く。

「タッチャー？」と、ネズミ＝ビーバー。「どこにいるのさ？　姿は見えないけど、声はすぐ近くから聞こえたぞ」

「こっちも同じだ。姿は見えないが、話はできる」

「待ってくれ！」と、スプリンクが口をはさんだ。その輪郭が一瞬ぼやけて、光がもつれあい……また鮮明に見えるようになる。グッキーはだれかの手が触れるのを感じ……

次の瞬間、いきなり火星人があらわれた。

そのあと、ケロスカー三体が去っていく。

「かれらに感謝しないとね」と、グッキーはつぶやいた。

どこかでドアが音をたてて閉じる。イルトはヘルメット・テレカムを作動させ、指向性マイクを調整すると、センサーを音が聞こえたほうに向けた。

やがて、ケロスカー三体を迎える声、ブーツを踏みならす音が聞こえてくる。ついで、だれかが興奮した口調で質問しはじめた。それが数分つづいたあと、どうやらホトレノル＝タアクがやってきたようだ。なじみのある声が、三体に質問する。

「諸君はどこにいたのだ？」

「おそらくは、ずっとここに。ブラックホールを通過するさいの、n次元静的エネルギーにより、電荷的過飽和状態が生じたのだろう」スプリンクが答えた。「すべては次元崩壊のさいに起こったようだ。しかし、電荷が充分に減少したため、この世界にもどれたらしい」

「だが、なぜ衛生セクションに？」

「それはかんたんに説明できる。われわれ、ずっと衛生セクションのn次元構造歪曲に捕らえられていたにちがいない」

「なるほど」と、ヘトソンの告知者は、「その説明で満足しなければならないようだ。タルマルク、これでまた、もとの友好関係にもどれるな。貴官のセクションの監視は、ただちに中止しよう」

「すごいな！」と、タッチャーがつぶやく。「連中、まったく同じいいわけを考えついた。タルマルクがラール人にいったとおりの説明だ」

ネズミ＝ビーバーは一本牙を見せて、

「とにかく、これで一件落着だね、タッチャー！」と、いった。「さ、《ゴースト》にもどろうぜ。あんたの相棒の怪物も、もうもとにもどってるころだから。あと十分で任務完了だぞ」

＊

「さ、すわってくれ！」と、ペリー・ローダンはにっこり笑った。グッキーとツバイのために、みずからコーヒーをとってくる。「よく《ソル》にもどってくれた。うれしいよ！」

星図テーブルにコーヒー・カップふたつを置いたところで、メントロ・コスムが司令室にはいってきた。それを見て、エモシオ航法士のために、さらにもう一杯を追加で持ってくる。

「帰郷はうるわしい。目の前のコーヒーを見ればなおさら！」と、コスムは詠じ、成型シートに腰をおろした。

「そのとおり。それがリアルな現実というもの、白髪の友よ」と、ローダンがほほえみながら、そのかたわらにすわる。

コスムは笑って、肩までとどく長髪をなびかせた。若いころは赤錆色だったが、いまは銀白色のほうが目だつ。

「状況はそこそこですが」と、つづけた。「でも、このコーヒーはうまい」また、熱い液体を慎重にひと口すすって、満足そうにうなずく。

ペリー・ローダンも同じく、褐色の液体を味わいながら、ひと口ごくりと飲んだ。そのあと、真剣な表情になり、

「さて、ラス、グッキー。ロルフスでなにがあったか、説明してくれないか？」

ネズミ＝ビーバーはあくびを噛み殺しながら、

「知ってるだろ、ペリー？　ぼかあ、生まれつき状況報告が苦手なんだよ。もちろん、ロルフスでなにがあったかは、はっきりしてる。ぼくらが到着した段階じゃ、すべてがうまくいってなかった。ケロスカー三体は原住種族に捕まって、あやうくお祭りのごちそうになるとこだったし。実際、巫術師はナイフを振りかざしてたんだぜ」

「どうやって救ったんだ？」と、ローダン。

「いったとおり、報告が苦手でね」イルトは平然とつづける。「とにかく、ぼくらが介入したとき、連中は手足をばたつかせて、必死に抵抗してたっけ。助けたあとも、似たようなもんだった。ホトレノル＝タアクが派遣した遠征隊の報告をふくめて、なにも信じようとしなかったのさ。例の作戦の結果も聞かせたんだけど」

「まさか、力ずくで納得させたんじゃないだろうな？」ペリーは心配そうだ。

「ぼくらが？」ネズミ＝ビーバーはいきりたった。「ぼかあ、非暴力主義を体現する存

在なんだぜ。たしかに、連中、ぼくらの介入に反対したよ。だから、原状回復させて、オンタク人のとこにとどけようって提案したけど……それだけさ！」

「もちろん、かれらはそれを望みませんでした」と、ラスが割ってはいる。「そこで、基地にもどることに同意したのです。その結果、われわれは基地に設けられたケロスカーの衛生セクションに三体をとどけ、かわりにタッチャーを拾って、帰還したわけでして」

「待ってくれ！」と、チーフがいった。「なんというか、いいくるめられたような気がする……せめて、ひとつだけはっきりさせてくれ。タッチャーはなぜ、ケロスカーの衛生セクションにもぐりこめたのだ？　いや……そもそも、なぜそこにいたのだ？」

両ミュータントが視線をかわす。そのあと、イルトが代表して、

「それについては、なんともいえないんだ、ペリー。ぼかあ、指向性マイクを使って、ラール人とケロスカーの会話を聞いただけで……」

「それでも、重要な情報を耳にすれば、それとわかったはずだぞ。違うか？」

「そのとおり！」ネズミ＝ビーバーは一本牙を見せた。「たしかに、ケロスカー三体は多次元理論に基礎を置いた純粋n次元数学を展開してる。ラール人も、それには介入できない」

「でたらめをしゃべるんじゃない」と、ローダンはいらだちをあらわに、「わかったよ

うな演説は聞きたくもない。要点をはっきりいってくれ、グッキー」

「はっきりね、ペリー」イルトはにやにやしながら応じる。

インターカムの呼び出し音が響き、話は中断した。ローダンがスイッチを切り替える。

「チーフ、どうぞ。ガルト・〝ポスピ〟・クォールファートとポスピの随行員、マット・ウィリーがこちらにきていますが。特別な命令がありますか？」

「いや、クォールファートの報告は知っている」と、ペリーは、「随行員をふくめて、宿舎にもどるよう伝えてくれ」

「は、チーフ。ついでながら、ちょうど《ゴースト》が連絡してきましたが……」

「ハイパーカム回線をすぐこちらにまわしてくれ！」

数秒後、回線が切り替わって、インターカムのスクリーンにダライモク・ロルヴィク、タッチャー・ア・ハイヌ両名の顔がうつしだされる。

「サー、ロルヴィク司令はア・ハイヌ大尉とともに、スペース＝ジェット《ゴースト》で帰還しました！」

「そのようだな！」と、ローダンは皮肉をこめて、「留置セクションに着艦して、出頭せよ！　それまで、きみの奇妙な体験については、口外しないように。そういえば、ラクトン人は《ゴースト》にいるのか？」

「わかりません、サー」と、ア・ハイヌ大尉が答え、「われわれ、同じ監房に収容されるのでありましょうか？」

肯定すると、その顔が輝いた。ペリーはほほえんで、インターカムを切る。そのあと、また両ミュータントに向きなおり、

「感謝するぞ。諸君の介入のおかげで、第二計画を安心して実行にうつせる」と、きびしい表情でいった。「八十年後には、われわれの意図がわかるだろう、ホトレノル＝タアク！　とはいえ、計画が成就するまでには、まだ多くの困難といらだちが待っているだろうが……」

星の非常シグナル

H・G・フランシス

登場人物

レジナルド・ブル
　　（ブリー）……………国家元帥。〝信仰の論理〟幹部
ロワ・ダントン…………………善良隣人機構（ＯＧＮ）のリーダー
ボブ・ベイズ……………………オヴァロンの惑星の住人。遺伝子技術者
ヴァイ・ベイズ…………………同。ボブの妻。大臣
クリス・ベイズ
アリシャ・ベイズ｝……………同。ボブの妻
アリク・ラ・バインクス
フィルダ・ヘイル｝……同。将校
リザン……………………………《ジェミニ》副長
モード・イ・ハカ………………同乗員。ハイパー物理学者
リク・ラディク…………………《ファラオ》船長
アットラ・ラウエント…………同副長補

1

エレナはなかば開いたドアをぬけて、暗い庭に走りでた。家のなかからは、入り乱れた声が聞こえてくる。門に到達したところで、振りかえったが、リードはわずかしかないようだ。外に跳びだし、牧草地を通って、近くのレストランに駆けこむ。

店内は満席だ。

「助けて!」あえぎながら、声をはりあげ、「お願い、助けて!」

そういうと、ドアの枠にからだをあずけた。そこではじめて、客のうち男はひとりだけで、あとは全員が女だと気づく。

赤毛の太った女が、窓から店内をのぞきこみ、

「それはエレナ・モリックスよ!」と、金切り声をあげた。

店内がしずまりかえる。聞こえるのは、追跡者の足音だけだ。女たちはすばやく近づ

いてきて、嫌悪感をあらわにエレナを見た。

「わたしが殺されるのを、黙って見ているの?」と、絶望して、男に叫ぶ。「そもそも、理由もないのよ!」

だが、男は無関心にスープを飲み、料理を食べつづける……なにも起こっていないかのように。

エレナは顔をゆがめ、さらにしゃべろうとした。だが、もう声が出ない。意を決して、店の奥にある階段に向かう。上階まで逃げられれば、なんとかなるかもしれない。

「あっちよ!」と、赤毛の太った女が、「上に逃げるわ!」

追跡者はぜんぶで十二名だった。もうリードはほとんどない。最後の力をふりしぼって天窓まで走ると、そこから外に出た。そのまま、屋根のはしまで逃れる……隣りの建物に跳びうつれるかもしれないと思って。だが、そこまではたっぷり八メートルあった。もう逃げ道はない。混乱して、その場で立ちつくす。

「あそこよ!」背後で女が叫んだ。

投光器がひらめき、光芒がエレナをとらえる。

「どうしてほしいの?」と、また声をはりあげた。「わたしはなにもしていないし、なにもしゃべっていないわ!」

追跡者は半円形にとりかこみ、退路を断つ。背の高いブロンドの女が、ブラスターを

ぬいて、銃口を向け、

「あんたが死ななければならない理由は、よく知っているはずよ、エレナ」

「死ぬ理由ですって？　頭がおかしくなったようね！　なんのこと？　さっぱりわからないわ！」

「本気でいっているの？」

「もちろん！　どういうことか、知りたいわ、クリス・ベイズ！」

「当然、理由は本人もわかっているわ、クリス！」と、暗色の髪のほっそりした女が、

「なぜ話しているのよ。屋根からつき落とせば、それで終わりじゃない！」

「われわれ、レイモンド・アリスターについて話しているのよ」と、ブロンドの女はしずかにいった。

「レイモンドですって？」と、エレナ。「そのために、わたしを殺そうっていうの？　ばかばかしい！　判決がどうなるか、来週の裁判まではわからないわ。それとも、リンチでも計画しているのかしら？」

「わかってるのよ。あんた、裁判官を買収したでしょう？」と、クリス・ベイズが吠える。「あんたはそれだけの金を持っているわ。でも、そうはさせない！」

「あなた、正気じゃないわね！　それとも、本気でいっているの？　もちろん、ぜんぶ嘘よ。事実無根だわ！」

「われわれの見解はべつでね」と、クリス。「あんたは法律を知っているわ。そのうえで、キノコを探したんでしょう？」

「あのキノコは無害よ。ただの食用キノコじゃない」

「この惑星に、無害なキノコはないわ。知っているはずよ」

「やっぱり頭がおかしいのね……短期間でこの惑星を完全に調査できたと、本気で信じているのなら。しかも、どこに問題があるか、わからないまま。いい？　たしかに、数年前までは、ここに食用キノコはないと考えられてきたわ。でも、わたしはこの二年間に、自分で見つけたキノコを何度も食べているのよ。それでも、このとおり生きているわ！」

「それは嘘だわ、エレナ」

「真実よ！」

「それでも、キノコの採取と食用は禁止されているのは、知っているでしょう？」

「法律が古すぎるのね。もう現実に即していないわ」

「それは重要じゃない」と、クリス・ベイズ。「あんたは法をおかしてキノコを採取し、それをレイモンド・アリスターと、妊娠したマイケ・リースに提供した」

「これは二重の意味で、許しがたい行為よ！」と、暗色の髪の若い女が金切り声をあげ、エレナに近づいて、肩をつかんだ。

「つまり、食べさせた人間だけでなく、生まれてくる生命まで危険にさらしたということ」と、クリスがきびしく断じる。「だから、あんたの罪は死に値《あた》いするのよ！」

「クリス」と、エレナはおしころした声で、「たのむから、理性的に考えてちょうだい。いい、レイモンドもマイケも、キノコは食べなかったわ。誘ったけれど、ことわられたのよ……つまり、食べたのはわたしだけということ。それで、だれが危険にさらされるというの？　わたしだけでしょう？」

「あんたはレイモンドとマイケだけじゃなく、その子供も殺そうとしたのよ！」

「何度もいっているとおり、わたしは……」エレナは弁解しかけて、途中でやめる。だれも聞く耳を持たないとわかったのだ。

「オヴァロンの惑星じゅうが、あんたの行動に深い嫌悪感を抱いているのよ。だから、だれも法的手続きの終了を待ちきれない。この犯罪に対しては、極刑あるのみということ。わかったでしょう？　あんたはこの共同体の基本秩序を揺るがしたんだわ！」

「クリス、聞いて！」エレナは必死で懇願した。

「そこで、黒いリングは審理結果に先んじることに決めたのよ。われわれ自身の手で、あんたに死をもたらすって！」

「あなたたちの手で？」エレナはヒステリックに笑い、「それで、わたしに自殺を強要しているつもりなの？　ばかな！　自分たちがどれほど狂っているか、きっと理解できないんでしょうね！」

「あなたは自殺するしかないのよ！」

「ばかいわないで！」

女たちがモリックスににじりよった。

「跳びなさい、エレナ！」と、クリス・ベイズが命じる。

エレナは逃げ道を探して、周囲を眺めた。だが、天窓やハッチはすべて人々でふさがっている。その数は五十名ほどで、さらに増えつづけているようだ。全員が好奇心まるだしで、これからなにが起こるか、見守っていた。

「いやよ！」と、くりかえす。「わたしを殺したかったら、その手で投げ落とせばいいわ。自殺ですって？　冗談じゃない！」

「だれも助けにはこないわよ！」と、太った女がいった。

「そういえば、わたしが跳びおりると思っているの？」エレナはかぶりを振り、「いいえ。わたしは死なない！」

次の瞬間、息をのむ。暗色の髪の女が跳びかかってきたのだ……両のこぶしを振りまわしながら。エレナはそれをかわしたものの、それでバランスを失った。悲鳴をあげて、からだをささえるものを探したが、把っ手ひとつない。そのまま屋根の縁をこえ……右脚がかろうじて、屋根からつきだした環状アンテナにひっかかり、落下がとまった。

「わたしには……

「クリス、あなたにはわたしを殺せないわ！」と、声をはりあげた。

足もとに目をやると、アンテナの支持架はいまにもはずれそうだ。

「クリス！」と、叫ぶ。「助けて！」

わたしには、お腹に赤ちゃんがいるの！」

次の瞬間、クリス・ベイズは屋根から身を乗りだし、

「嘘じゃないでしょうね！」と、するどい声でたずねる。

「ええ、クリス、本当よ！」

「助けるのよ！」と、太った女は命じた。「早く！　からだを支えて！」

女たちが屋根の縁に殺到し、膝をついて、環状アンテナにひっかかったエレナの脚をつかまえる。ほかの者は衣服をつかみ、全員でいっせいにひっぱりあげた。

クリス・ベイズがブラウスの襟をつかんで、

「嘘だったら、後悔することになるわよ。すぐにローチ・テストの準備をするわ。その結果、もし本当に妊娠していないとわかったら、そのときは……」

最後までいわなくても、〝そのとき〟になにが起こるかは明らかだ。

「真実よ」と、エレナはしずかにいった。

「なぜもっと早く話さなかったの？」と、クリス・ベイズ。

「あなたたちがそこまで狂っているとは、思ってもみなかったからよ！　まさか、本当

に殺そうとするとはね！　それに……これはプライヴェートな問題でしょう？　なぜ話す必要があるの？」

「子供を得ることが、プライヴェートな問題だと思っているの？」と、クリスはあきれた表情で、「おお、違うのよ、エレナ。オヴァロンの惑星が置かれた状況を忘れないで。ここは正常じゃないし、だから子供も母親ひとりのものじゃないわ。その命をこの世にもたらし、あらゆる危険から守るのは、もちろん母親のつとめだけれど……それでも、その話をしなかったら、あんたはもうひとつ、法をおかすところだったわ」

グライダーがやってきて、屋根の上に降りた。コクピットから、若い女が顔をのぞかせて、

「テスト器具を持ってきました」と、報告。

「起きなさい！」と、クリスが命じる。

エレナ・モリックスはうなずくと、立ちあがってグライダーのコクピットにもぐりこんだ。これがどういうことか、わかっている。もしテスト結果がネガティヴだったら、こんどこそ上空から投げ落とされるだろう。

グライダーはスタートし、高度四百メートルほどで静止。そこでテストをうける。エレナはレストランの屋上を観察したが、暗がりになっていて、ほとんどなにも見えない。テストは数分で終わり、グライダーはまたもとの屋根にもどった。クリス・ベイズが出

迎えて、

「本当に運がいいのね」と、尊大な口調でいう。「それでも、いい教訓になったでしょう？」

エレナはゆっくり天窓に近づくと、屋内にもどった。

「たしかに、あいつは母親だわ」と、クリス・ベイズは仲間を眺めまわして、「なにより、子供をたいせつにしなければ」

赤毛の女が、

「彼女をレイモンドからひきはなすよう、申請しましょう！」と、提案する。「もう男は必要ありませんから！」

「いい考えだわね」と、太った女はいった。「すぐに手配するわ」

＊

クリス・ベイズは二時間後、自宅にもどった。ヴァイ、アリシャと夫の遺伝子技術者ボブ・ベイズが迎える。

ボブは眼鏡ごしに妻の顔を見たが、やがてかぶりを振って、

「ずいぶん遅かったな」と、鼻にかかった甲高《かんだか》い声でいった。

男は身長こそ二メートル以上あるが、ひどく痩《や》せて、いまにも餓死するのではないか

と思えるほどだ。左右にはなれたブルーの目は、いつも涙を浮かべている。遠視で斜視なのである。そのため、ぶあついレンズの眼鏡をかけており、目が異様に大きく見えた。コンタクト・レンズは性《しょう》にあわないといって使わず、便利なエネルギー・フィールド・プロジェクターは使えない。プロジェクターは本体を眉毛にひっかけて装着し、光学レンズと同様の機能を持つフィールド・レンズを、眼球の前に形成する。ところが、ボブにはその眉毛がなかった。その結果、人工眉毛をつけるか、眼鏡にするかの選択に迫られ、後者を選んだのである。

ブロンドの髪は後頭部から側頭部にかけて、わずかにのこっているだけで、耳は右だけが異常に大きい。鉤鼻はコンドルを彷彿《ほうふつ》させ、いまにも上唇にくっつきそうだ。さらに、上の前歯が極端に発達して、下唇より下まで伸び、顎は反対に極端にちいさいため、口を閉じることができるのが、ほとんど奇蹟のようだ。

要するに、遺伝子技術者は美男子とは対極の存在であり、ほかの惑星だったら、妻を見つけるのに多大な困難を要したはずであった。しかし、ここオヴァロンの惑星では、事情が異なる。

つまり、クリスとだけでなく、ボーイッシュで高い知性を持つヴァイや、アリシャとも結婚できたのだ。

「なぜ遅かったの?」と、ヴァイがたずねた。黒髪で、端正な顔は青白い。「聞いたとところでは、エレナ・モリックスに対する行動にくわわったとか……」

「なぜ知っているのよ？」クリスが狼狽して聞きかえす。

「もちろん」と、ボブは相《あ》いかわらずきびしい口調で、「わたしはきみに対し、リンチ法の適用を申請する権利がある」

「許してちょうだい」クリスは急いであやまった。

「なにをあやまるの？」と、ヴァイが怒りをこらえたようすでつづける。「なにか礼節を傷つけるようなことをしたの？」

「ヴァイ、わたしは知らないのよ。つまり……」

「黙りなさい！」ヴァイはぴしゃりといった。「わたしはあすの閣議で、この出来ごとについて報告します。政府がごろつきみたいな行為を許すと思うの？　反対だわ！　あなたのケースが、今後の規範になるでしょうね」

　ボブに向きなおり、

「なにかつけくわえることが、あるかしら？」

三人の夫はかぶりを振り、「いや。クリスは来週まで、家を出ないように。マスコミへの対応はわたしがやる。必要なら、家族からの〝追放〟も辞さない」

「ボブ、本気じゃないんでしょう？」と、クリス・ベイズが驚いて抗議する。

「われわれは人々が最大の利益を得られるため、努力をつづけなければならない。だから、こういうケースでは、わたしに最終的決定権がゆだねられるのだ。その権利にもとづき、きみが家族として不適切なら、その関係を解消する必要がある。つまり、きみが傲慢にふるまうのなら、外にほうりだすということ。そうすれば、数百名の女性に、きみにとってかわるチャンスが生じるわけだ」

「わかりました、ボブ」クリスは従順にいった。

「じゃ、この話題は終わりね」と、ヴァイが宣言する。

アリシャはうなずいただけだ。クリスの〝逸脱行為〟には、興味がないのである。それだけでなく、政治その他にも無関心だった。アリシャの情熱は、すべて家事に向けられているのである。ボブ・ベイズが彼女を選んだのも、まさにその理由からであった。

「わたしが知りたいのは、レジナルド・ブルの計画について、あなたがなにか聞いたかどうかなの」と、ヴァイがつづける。

「町は噂でもちきりよ」と、クリスは答え、安堵のため息をもらした。話題が変わり、最悪の事態を脱したと悟ったのだ。

「どんな噂？」

「レジナルド・ブルはここにとどまり、かくれている現状に、満足していないっていう話よ。だから、いつかペリー・ローダンが帰還したら、すぐにそれとわかる大宇宙のサインを出したい……われわれを見つけられるように。そう思っているわ」

「大宇宙のサイン？」と、アリシャがたずねた。やわらかく、メロディアスな声である。

「よくわからないけれど……」

「わたしも、意味がわからない」と、遺伝子技術者。「それはどういうことだ？」

「わたしも同じよ」と、クリスが答えた。

「たしかに、理解できないわね」と、ヴァイは、「ともあれ、われわれはできるかぎりの問題を検討したと思います。あとは、一杯のワインを望むだけね。宇宙のサインですっ て？　メールストロームのなかで、数光年はなれても認識できるシグナルというと……

……想像もできないわ」

「実際問題として、不可能だろうな」と、ボブ・ベイズ。考えこむときの癖で、右の耳朶《じ》《だ》をおや指とひとさし指でつまんでいる。「それに、それほど重要な計画が、噂として流布《るふ》しているだけというのもおかしい。ブルはきみに、なにか話さなかったか？　それとも、政府にも秘密にしているのだろうか？」

「なにも聞いていないわ」と、ヴァイも考えながら、「われわれの安全に関係する問題だから、政府と協議しないとは考えられないし……もし、それが敵性勢力に発見されて、攻撃でもうけたら、われわれには抵抗する手段もないのだし」

「しずかにしている……それがいちばん重要なんだ」と、ボブがうなずいた。

「そのとおりよ、ダーリン。われわれ全員の意見も同じです。ブルがここにきて二ヵ月たつけれど、そのあいだに計画を提案したことはないわ。充分な数の宇宙船が調達できれば、そういう遠距離警報システムも構築できるでしょうけど。現状では無理ね」

「ブルは風変わりよね」と、アリシャが口をはさむ。

「というと？」と、ボブ。

「オヴァロンの惑星には、二千名以上の未婚の女がいるわ。八千の人口からすると、とても多い数字でしょう？　しかも、一夫多妻制をとっているにもかかわらず……」とアリシャは、「あの人はなぜ結婚しないのかしら？　せめて、ひとりと。女に興味がないのかもしれないわ」

「それに関しては、ブルと話をしたわ」と、ヴァイがいった。「われわれは状況を説明したうえで、二者択一を迫ったのよ。つまり、この社会の状況をうけいれて、適応し、市民の義務にしたがうか……あるいは、この惑星を去るか」

「自由な行動を確保するため、独身で通している……ブルはこれまで、そう主張してきたはずね」と、クリス・ベイズ。「友達から聞いたのよ。たしか、ロワ・ダントンも同じだったはず」

「ブルの説明は違ったわ。こういったのよ……わたしが婚姻を発表したら、その影響は広範におよぶ。われわれがオヴァロンの惑星で生存するためには、安全保障をないがしろにするわけにはいかず、それには多くのことを諦めなければならない。

また、われわれは現在、やっとのことで技術・科学水準を維持しているにすぎないが、それだけで満足するわけにはいかない。ただ生きのこるだけでなく、子供たちのため、未来に希望をつながなければ」

「で、政府としては、ハニー？」と、ボブが話をもどす。

「必要なら、ブルの《ジェミニ》を接収して、動力系を破壊することになるでしょうね。危険な計画を実行しないように」

「それでは、ブルとダントンを公式に敵にまわすことになる」と、ボブは反対した。

「そうなったら、戦闘は避けられないぞ」

ヴァイ・ベイズは誇らしく笑い、

「男が政府の要職を占めていたら、そうなるでしょうね。でも、ここでは女が主権を握っているのよ。われわれ、政治的手腕は男より上なはず。だから、きっとべつの道を見つけるわ」

「そうかもしれないな」と、ボブはおだやかにほほえみ、「結局のところ、男はこの惑星の政治に関与する時間がないわけだし」

「たぶん、そのほうがいいのよ」と、ヴァイ。

「結局のところ、きみはいつも主導権を握らないと、気がすまないんだな」と、ボブ・ベイズはいった。

2

その翌朝、ボブ・ベイズは家を出た。だが、目の前にはぶあつい雪の壁があり、東から刺すような風が吹いてくる。しかも、午前十時をすぎたというのに、あたりはまだ薄暗い。

寒さに耐えかねて、いったん家にもどり、毛皮のコートと帽子を身につけた。身長があるので、コートは通常の二倍ほどのサイズだ。そのあと、雪橇《ゆきぞり》をひっぱりだして、あらためてスタートする。目的地はヒルデンブラント市だ。周囲は寒いままで、気温は上がらない。建物の屋根には、雪が降りつもっている。

あたりを眺めまわしたが、視界はよくなかった。二、三メートル先までしか見えないのだ。

これは危険な状況である。去年の冬もそうだった。〝雪這い〟に何度も襲われそうになったのだ。この猛獣は雪のなかから跳びだして、人間に襲いかかる。見つけたら、すぐ射殺しないと、こちらがあぶない。いったん嚙みつかれたら、まちがいなく致命傷になるから。

遺伝子技術者は耳をすました。さいわい、雪這いはしずかに動くことができない。とくに、雪のなかから出現するさいには、特有の奇妙な音をたてる。

中核都市に到着すると、思わず安堵のため息を洩らした。ここでは、家が密集しているし、森林地帯からもはなれている。数秒間、目の前にひろがる雪のヴェールが晴れて、《ジェミニ》が見えた。重巡洋艦は町はずれの荒野に降り、雪が湾曲した外被にうっすら積もっている。

吹雪《ふぶき》がひどくなってきたので、またゆっくり歩きはじめた。数分おきに立ちどまって、周囲の音に耳をかたむける。この天気では、目的地の供給センターにたどりつくまで、かなりかかりそうだ。

やがて、グライダー二機に遭遇。一機は火災を起こしており、とくにコクピットが燃えていた。熱のせいで、周囲の雪が溶けている。その向こうに、いくつか人影を見つけて、足早に近づき、

「やあ、どうしたんだ?」と、声をかけた。

見ると、男がひとり倒れている。失神しているようだ。もうひとり、若い男がいて、ブロンドの女につかみかかった。

「やめて!」と、その女が金切り声をあげる。

ベイズは男に駆けより、その肩をつかんだ。次の瞬間、こぶしが飛んできて、顎に命中。さいわい、反射的によけたので、ほとんどダメージはない。反対に、なかば無意識に反撃し、男は雪のなかに倒れて動かなくなった。われに返ると、べつの女が近づいてくるのが見える。

「あら、ボブ・ベイズじゃない？　あなたなの？」と、女は声をかけ、帽子をとった。笑いながら、「いいところにきてくれたわ」

「なにが起きたんだ？」と、遺伝子技術者は失神した男をかかえあげて、ぶじなほうのグライダーに運びながら、「なにがあったんだ、マリー・アイセン？」

「たいしたことじゃないのよ」と、女は答えた。「すくなくとも、あなたが興味をおぼえるような事件はなかったわ」

「そうは思わないね。ここでなにがあったか、知りたい。きみがグライダーに放火したのか？」

「まさか。不幸な事故だったようよ」

どうやら、嘘をついているようだ。ベイズは最初の男をグライダーに押しこむと、なぐり倒した男のところにもどった。マリーがついてきて、

「とにかく、ボブ、たいしたことじゃないのよ」

ボブは《ジェミニ》があるはずの方向をさししめし、

「この二機だが、重巡から盗んだんじゃないのか？」と、たずねる。

マリーは額にしわをよせた。そのあと、狡猾《こうかつ》そうに笑い、また帽子をかぶって、うなずく。盗んだといっても、ベイズが非難しないと判断したようだ。

「ほかでは、こういうグライダーは手にはいらないものね」と、答える。「ブルもとっくに気づいているはずだけど。そのうち、捜索コマンドがやってくるでしょうね」

ボブ・ベイズはすこし考えてから、

「わたしを町に連れていってくれないか」と、いった。「この天気のなかをうろつくのは、愉快じゃないから」

「いいわ、ボブ。乗ってちょうだい」と、マリー・アイセン。

遺伝子技術者はふたりめの男をキャビンに投げこむと、自分の装備をコクピットの上に固定し、グライダーにもぐりこむ。シートにからだを沈めて、安堵のため息をつき、帽子をとってコートの前を開けた。内部は暖かく、快適だ。

「ひどい天気だな」と、女に声をかける。「ここまで悪化するとは、予想していなかった。まだ〝オヴァロンの住人〟になったとはいえないようだ」

「そのうち、寒さにも慣れるわ」と、マリーは応じた。

キャビンには、もうひとり、ブロンドの若い女がいるが、会話にはくわわらない。失神したふたりは、後部座席に寝かせる。

「われわれと同行するんじゃなくて」と、マリーがつづけた。「吹雪がおさまったら、供給センターに向かうんでしょう？　あそこが目的地だと思うけど、違う？」

「そのとおりだ。でも、なぜ……」

女は笑って、

「あなたを信用していないわけじゃないのよ、ボブ。怒らないで。ただ、あなたやその家族を、面倒にまきこみたくないだけなんだから」

「わかったよ」

やがて、グライダーは二棟ならんだ建物のあいだに降りた。ここは四十年前に建築され、いまは避難所に使われている。裕福な女たちは、いまは町の中心部には住んでいない。郊外に自力で家を建てて、そこで暮らしているのだ。

ボブ・ベイズは女ふたりを助けて、失神した男たちを建物のなかに運んだ。それを床に横たえて、愕然とする。

「ばかな、マリー」と、あえぎながら、「これは……これはレジナルド・ブルじゃないか！」

「なんですって？」女は驚きの声をあげて、失神した男に近づき、ひざまずいてその顔をまじまじと見つめた。

「本当だわ」と、つぶやく。「でも、ありえないわよ……！」

「たしかに」と、いままで黙っていたブロンドの若い女が、「これはレジナルド・ブルだわ！」

「なんてこと！　そうすると、もうひとりはロワ・ダントンかしら？」

「いや、知らない男だ」と、ボブはいった。「すくなくとも、わたしはこれまで、見たことがないな」

「ブルだけでも、あの燃えたグライダーにもどしたほうがいいわ」と、ブロンドの女がいう。

「ばかな」と、マリー・アイセンは、「いまごろ、あの一帯は《ジェミニ》の捜索コマンドに封鎖されているわ。ことによると、警察も出動したかも。そこにのこのこ出かけていって、どう説明するの？」

「真実を」と、ブロンドが応じた。「われわれ、孤独に耐えかねて、必死で男をもとめたと……」

「七百七十七条項の適用をもとめるっていうの？」と、マリー。「実際はそのとおりかもしれない……孤独に耐えかねたっていう意味では。でも、われわれ、実際には、まだ男を捕まえていないわ……たぶん、これからも！」

「ボブに聞いてみれば？」

「どう思う、ボブ？　あなたを信用していいわよね？」

「それはそうだが、マリー。でも、こういう問題にまきこんでほしくはなかったな」

「じゃ、どうすればよかったのよ？　あなたが偶然にあらわれたんじゃない？　わたしが呼んだわけじゃないわ。こうなると、いちばんいい方法は……偶然に通りかかった第三者を演じるのね。あす、警察に行って、見たことを報告するのよ。われわれのこと以外をすべて」

「そうはいかない、マリー。相手はレジナルド・ブルなんだ」

「でも、同じ人間よ。あなたはどう思う、カッツ？」

「これは男で、それ以外の何者でもないわ」

「そのとおりだ」と、遺伝子技術者。

「で？」

「これは男で、それ以外の何者でもない」

マリーは笑った。「なるほど、あなたのいうとおりらしいわ、ボブ。常識人なのね。見た目は常識はずれだけど」

「どうも」

レジナルド・ブルがひと声うめき、目を開けた。ぼんやりと周囲を眺め、

「ここはどこだ？」と、かろうじてたずねる。

「ぐあいはどうです？」ボブ・ベイズは声をかけた。「なにかしてほしいことは？」

「相手がだれか、わかっていないようよ」と、マリー。

「くそ。ここはどこだ？」と、ブリーは赤錆色の髪をかきむしり、「わたしはどこにいるんだ？」

そういいながら、床にすわって、立ちあがろうと試みる。しかし、まだ足は自由にならないようだ。

マリー・アイセンがそのかたわらにしゃがみこみ、親切に笑って、

「ここは快適で、自分の家みたいなところですわ、ブリー。いまはここに滞在していますす」

レジナルド・ブルは目をまるくした。

「なにをばかな！」そういったところで、ボブ・ベイズに気づき、「おい、ミスタ。あんたなら、説明できるんじゃないか？」

「もちろん、直截的《ちょくせつてき》に表現することはできます」と、ボブは苦笑しながら、「ですが、繊細な神経の持ち主にはいささか……サー」

「あんたは正気を失ったのか？」

「いえ。わたしではなく、こちらの若い女性が……」

「若い女性ですって！」と、マリーが乱暴にさえぎる。「そういえば、ブリーがすべてを水に流してくれると思うの？」

「聞いてくれ、マリー」と、ベイズはつづけた。「わたしは仲裁する気もないし、きみを弁護するつもりもない」ブルに視線をもどして、「ミスタ・レジナルド・ブル。この女性について知っていることを話します。彼女は長いあいだ、母としてのよろこびから遠ざかっておりまして。そのため、あなたに……」

「いいえ、ボブ。ブリーともうひとりを見つけたのは、まったくの偶然だったのよ」と、マリー・アイセンが反論する。「最初にグライダーを発見して、そこに行ってみたら、男がふたり倒れていただけで。それで、とっさにふたりを連れ帰ろうと思いついたの……こまかなことは考えずに。そのうちひとりがレジナルド・ブルだとわかったのは、ここにやってきてからよ。あなたも知ってのとおり、ボブ」

「とりあえず、お世辞をいわれているのではないとわかったが」と、ブリー。「とにかく、まずなにが起きたか、それを話してくれないか？」

「わからないのです」マリーはかたくなにいった。「知っているのは、事故を起こしたグライダーに近づいたら、それに親愛なるブリーが乗っていたことだけで」

声がだんだん大きくなる。決然とした態度のあらわれだ。

「たしかに、チャンスがあったら、それを逃さないつもりで、ずっと狙っていたのは事実ですが」

ブルはからだをそらして、げらげら笑いだした。

マリー・アイセンはどうしていいかわからず、ボブ・ベイズを見て、

「どうしたの？　頭がおかしくなっちゃったの？」と、たずねる。

ベイズは男をのぞきこみ、かぶりを振って、

「いや、そうじゃない、マリー。ブルは正気だよ」

「なんですって？　そうすると、わたしのことを笑うのが、当然だっていうの？」

マリー・アイセンはすばやくブルに近づくと、目にもとまらない速さで往復びんたをみまった。ブルは腕をあげて身を守ろうとしたが、うまくいかない。まだパラライザーの影響がのこっていて、からだの一部が麻痺したままなのだ。

「愛する子よ」と、女がおちつくのを待っていう。「きみはことの重大さがわかっていないらしい。わたしをここに、強引にとどめるということが、なにを意味するか」

「なぜですか？」と、マリーは憤然として、「あなたが人生の休日をどうすごそうが、だれも文句はいわないと思いますけれど。あなたは千年かそれ以上、生きているのでしょう？　わたしとすごすのは、せいぜい三十年か四十年よ。そのくらい、なんでもないんじゃない？」

「本質的には、そうだな」ブリーは認めた。

「もしかして……女に興味がないの？」マリーは急に自信をなくしたらしい。

「正反対だよ、マリー。だが、いまは女性に関わっている時間がないのでね。緊急に対

処しなければならない問題があるから」

マリー・アイセンはかぶりを振って、

「それでも、考えは変わりません。あなたはここにとどまってください。以上、おしまい！」

そういうと、立ちあがって、部屋を出ていった。しばらくして、鋼製ベルトを二本持ってもどり、ブリーが逃げないよう、それで拘束してしまう。カッツも同じように、もうひとりの男を縛りあげた。

ボブ・ベイズはそれを見て苦笑する。

「怒ったから、こうするのか」と、ブリーが、「だれにも理解できない行動だな」

「だれにも？」マリーは笑った。「その反対よ。あなたが誘拐されたと知ったら、惑星住人の半分は、死ぬほど笑いこけるでしょうね。政府もそうよ。いずれ、ここを見つけるはずだけど、介入はしないと思うわ」

そういって、ボブ・ベイズを見やる。遺伝子技術者はかぶりを振った。黙っているということ。

「意識がもどったわ」と、カッツが大声をあげる。

ベイズが振りかえると、若い女は床にひざまずき、ブルの部下の顎をなでていた。

「かなりひどくなぐったみたいね、ボブ」ブロンドの女はそういうと、若い男の目をのぞきこんで、「ぐあいはいかが？」

　ブルの部下が目をぱちくりさせる。

「夢をみているみたいだ」と、かすれ声で、「きみがわたしをノックアウトしたのか、ミス？」

「もちろんさ」ボブ・ベイズはカッツがなにかいう前に、急いで答えた。「もうひとつ、重要な情報を伝えておくと、きみは彼女と結婚する」

　男はまた目を閉じて、

「くそ。まだ夢のなからしい」

「現実を直視したほうがいいぞ、クレイトン！」と、ブリーが不機嫌にいった。

　男はそれを聞いて驚き、身をよじる。カッツがすかさず、その口もとに気つけのブランデーをさしだした。クレイトンと呼ばれた男は、それを飲んで咳《せ》きこみ、からだを動かそうとして……脚が縛られているのに、はじめて気づいたようだ。愕然として、声もなくブリーのほうに目をやる。

「さて、吹雪もおさまったようだ」と、ボブ・ベイズはいった。「わたしは出かけるよ。では、楽しいひとときを」

「ここにとどまるんだ！」と、ブルが命令口調でいう。

　遺伝子技術者はニッケル縁眼鏡の位置をなおし、右の耳朶をつまんでから、毛皮の帽子をかぶった。

「わたしが……ですか？」と、たずねる。

「いまわたしを助けないと、あとで面倒なことになるぞ！」

「どうしろというので？　あなたは重大な危機におちいっていますか？　ノーです。生命の危機にあるか？　ノー。なにか不便があるか？　ノー。なにも不都合はないと思いますが、いかがです？」

「ばかをいうな！　わたしは自分の問題を自分で決定する……男だ」と、もと国家元帥は声を荒らげ、「オヴァロンの惑星が女性の統治下にあることは認める。だが、わたしの自由は保証されてしかるべきだ！」

「それは間違いよ！」マリー・アイセンはまた憤慨した。「ボブ・ベイズは理想的な結婚生活を実践しています！　だから、かれの認識は正しいのよ。あなたのではなく！」

「この男が……既婚者なのか？」ブリーがあきれてたずねる。

「そのとおり。妻を三人、めとっているわ」と、マリー。「それに、あなたみたいに頑固じゃありません！」

「ま、それはそれとして」遺伝子技術者はにやにやしながら、帽子が乾いたのを確認して、それをかぶり、外に出た。

＊

ボブ・ベイズは政府庁舎の前庭に、雪橇をとめた。毛皮のコートについた雪をはたき落とし、眼鏡のくもりを拭《ぬぐ》いとり、布袋を持って歩きだす。

ドアを開けてなかにはいると、男が三人いた。いずれも見かけない顔だ。

「やあ、ご老体」と、そのうちひとりが、「どこかにご用かな？」

ボブはハッチをさしめして、

「ここにね」と、甲高い声で答えた。

そのまま、開閉装置を操作して、ハッチが開くのを待つ。

「そっちは地下室だが」と、べつの男がつづけた。

「わかっている」ボブはそれしかいわない。

「なにか必要なものは？」

「いや、べつに。なぜ？」また眼鏡の位置をなおして、男をあらためて観察。

「おお、ムッシュー・ダントン！」はじめて、相手がだれかわかった。「失礼しました。どなたかわからなかったもので、ムッシュー。見てのとおり、眼鏡なしでは……」

ロワ・ダントンは唇をひきしめ、一揖《いちゆう》すると、

「もちろん、きみが正しい、ミスタ。挨拶しなかったこちらが悪いのだから」と、応じ

る。「あらためて、おはよう。会議場はどこか、教えてくれないか？　そこで大臣と会うことになっているんだが……それとも、きみはここの人間じゃないのかな？」

「どの大臣と会われるので？」

「ヴァイ・ベイズという。ご存じか？」

「もちろんです。こちらに。ご案内しましょう」ボブはそういうと、先に立って歩きだした。まもなく、大きな木製ドアの前に到着。そこで最初に声をかけた将校を振りかえり、「ちなみに、お若いの。わたしは二十九歳でね。〝ご老体〟と呼ぶにはあたらない」

「部下が失礼した」と、ダントンがあやまる。

ボブ・ベイズはにやりと笑い、ドアを開けると、また先頭に立ってなかにはいった。会議場には馬蹄《ばてい》型の執務テーブルがあり、七名がすわって、ぶあつい書類の束を前にしている。ボブはひときわ大きな椅子にすわっている、ひと目で議長とわかる女に近づいた。女は顔をあげて、はいってきた男たちに目をやる。

ダントンはそのかたわらに急いだが、正式に話しかけられるまで、自分から声をかけたりはしない。遺伝子技術者はまたにやりと笑い、議長席の背後の肘かけ椅子にすわって、あらためて訪問者を観察。

「席にどうぞ」と、ヴァイの部下がうながした。

ダントンはどうするべきか、瞬時に理解したようだ。魅力的な笑みを浮かべると、大臣に一礼して、あいた席に腰をおろす。ヴァイは数秒だけ考えてから、部下にあたりさわりのない声をかけて、退出をうながした。六人が出ていくと、はじめてダントンに顔を向ける。ボブには目もくれない。

「それで、ご用は？」と、冷静にたずねた。

＊

「不愉快な事件が起きた」ロワ・ダントンはいきなり本題にはいった。しかし、きびしい口調ではない。「レジナルド・ブルが将校一名を連れて、けさ《ジェミニ》をあとにしたのだが、そのグライダーがヒルデンブラントの近くで発見された。着陸したところを誘拐されたらしい」

ヴァイの口もとが、わずかにつりあがった。

「レジナルド・ブルが？」と、驚きをあらわに、「ご冗談を、ダントン！」

「残念ながら、真実でね」

大臣は笑みを浮かべて、かぶりを振り、

「この惑星に、ブルのような人物を誘拐できる者がいるとは、とても考えられません、ダントン」

「だが、実際に起こったのだ。発見したグライダーは燃えており、ふたりの姿は付近にない。誘拐されたとしか思えない状況だ。また、つねに通信コンタクトをとっていたにもかかわらず、それも突然に途絶した。さて、ブリーはどこにいるのだろう？」

「さっぱりわかりません」ヴァイ・ベイズは椅子に背をあずけて、しばらく考えてから、「それに、捜索をお手伝いすることもできそうにありません。おそらく、犯人はブリーを夫にするため、誘拐したのでしょう。したがって、失踪した牧師か、あるいは結婚立会人を探せば、きっと見つかるはずです」

「それではことが解決しないのだ」ダントンは沈痛な声で、「ブルを発見すること自体は、それほど困難ではない。細胞活性装置が発するインパルスを追えば、シュプールをたどれるから。しかし、奪還するさい、もし流血の事態になったら……わたしの部下は怒りにかられ、暴動を起こすかもしれない」

ヴァイはまた首を左右に振る。

「あなたは間違っています。本来、そちらの船の男性を、惑星住人に〝解放〟するべきなのです……囚人のように、船にとどめておかずに」

「艦は臨戦態勢を維持しなければならない。そのためには、たえまない訓練が必要だ」

「あなたとブルが、なにか計画しているとの噂がありますが」ヴァイが突然に話題を変えた。

「それはない」

「すべてのカードを見せていただかないと、ブルが危険にさらされるかもしれません」

「わたしを脅迫するというのかな？」

「まさか、ミスタ・ダントン。われわれは誠実に、協力してことにあたろうと考えているのです。それに同意できないのであれば、この惑星から出ていってください。ですが、同意するのなら、惑星政府の決定も尊重していただかないと。あなたは船の指揮官として、船と乗員の安全に責任を負っています。しかし、オヴァロンの惑星の住人に、その権限はおよびません。現状では、レジナルド・ブルは後者に属します。そこで、うかがったのです……なにか計画しているのですか？」

「つまり、最後通牒ということか？」

ヴァイは答えないまま、相手を冷淡に見つめる。まったくの無表情だ。

ダントンもその視線を、正面からうけとめた。相手の知性の高さは、賞讃に値いする。大臣はおのれの義務と能力を、正確に知っているのだ。以前、なれなれしい態度をとったところ、あっさり拒絶されたことがあった。それは命令と成功に慣れた人間の、本能的な防衛反応だったかもしれない。だが、あらゆる誘惑に屈しない、強い意志の持ち主なのはまちがいない。それに、政治的に賢明でもある。

しかし、かれらと完全な協力関係を結ぶことはできなかった。オヴァロンの惑星の住人は、母性の絶対的な安全確保と、それ以前の問題として〝母になること〟それ自体を、もっとも重視している。しかも、それを実現するためには、あらゆるリスクをいとわないのである。

「ま、いいだろう」ロワは譲歩することにした。「たしかに、ブルとわたしはある計画を立案した。ローダンか、ほかのテラナーが、われわれを探そうとする場合にそなえて、一種の〝宇宙のサイン〟を設置するというものだ。かれらが実際にやってきたら、警告を送る一方、友をここに導くために」

「正気とは思えません！」ヴァイはにべもない。

「判定が早すぎるな。最後まで聞いたほうがいいと思うが」

「なにを思いついたにしても、ダントン、われわれは同意しませんから！」

「《ジェミニ》に搭載した機器のなかに、インメストロン刺激フィールド・パルセーターというものがある」と、ロワは相手の反論を無視して、「数百年単位で状況を判断した場合、戦略的・戦術的必然というか、軍事的要求として、この機器を使って複数の恒星を〝加熱〟し、いわば〝宇宙標識灯〟にする必要があるのだな」

「いやなことが起こりそうな話ですが」

「この〝標識灯〟は五次元ベースで作動して、太陽系艦隊の所属艦艇にとっては、絶好の方位探知ポイントになる」と、ヴァイの発言に留意しながら、つづける。「もちろん、対象となる恒星は充分に吟味しなければならない。たんに膨張させ、光度を確保すればいいというものではないから。なにより、シグナル星は超光速インパルスの放射体にならなければ。そうなってはじめて、距離と時間のロスなしに、ポジション情報を提供できるのだから……当然だがね。

こういう恒星標識灯が、このメールストロームには必要なのだ。それを実現するための技術……つまり、ハイパーインメストロンは、千年以上前に考案されて、以後ずっと改良がくわえられてきた。現在はInAF装置と呼ばれ、ふつうの艦船に搭載できるようになっているが、これも基本的には昔のハイパーインメストロンと同じように、いわゆるヴィーツォルト効果によって、恒星の表面を〝加熱〟する。その結果、当該恒星は通常の千倍の五次元放射をはなって、〝目だつ〟ようになるのだ。

当然、恒星も自転しているから、この五次元放射は格好のシグナルになる」

「それについては、よくわかりませんが」と、ヴァイ。

「回転によるシグナルの強弱で、モールス信号を送れるんだ」

「なんです、それは？」

「たとえば、〝SOS〟というシグナルを送ったとする。すると、相手がローダンだったら、すぐにその意味を理解できるというわけさ」と、ダントンはいった。

3

「どうだろう。いったん休憩にしないか？」と、ロワ・ダントンはいった。「このままでは進展がない」

「そのとおりです」と、ヴァイ・ベイズが冷静に応じる。

両者は三時間にわたって議論をつづけてきた。しかし、ダントンはまだ、この〝警告計画〟がオヴァロンの惑星の住人に危険をおよぼすものでないということを、納得させられないでいる。ヴァイも次官三名と意見を交換したが、結論は得られないままであった。

ボブ・ベイズは両者の主張を聞いたが、やはり判断はできない。ただ、いくつかのファクターについて、優先順位を判断できただけで。

「あなたを《ジェミニ》に招待しよう」と、ダントンが格式ばって、「あす、そこで話をつづけたい」

「いいえ、あすもこのホールで」ヴァイはその提案を拒否する。「現状ではまだあなたを信用していないので」

ダントンは怒りをあらわにして、挨拶もせずに出ていった。ボブ・ベイズはその姿を見送って、笑い声をあげる。ヴァイが驚いて振りかえり、

「楽しんでいたの？」と、たずねた。

「もちろん」

「ロワ・ダントンとレジナルド・ブルの計画は、わたしが知るかぎり、決しておもしろいものじゃないわ」

「わたしもさ。状況がわからないから、批判はできないが、きみのいうことが正しいと思う。笑ったのは、べつの理由からでね」

「というと？」

「じつは、きみに告白しないとならないことがある、ヴァイ。わたしはブリーの居場所を知っているんだ」

妻は目をまるくした。仰天したのだ。

「知っているのなら、なぜさっき話さなかったの、ボブ？　理解できないわ」

「妻が夫を理解しない……よくあることだな」

「ばかな冗談はやめて、ボブ！」

「すまない。きみのいうとおりだな」

夫は笑って、ほとんど毛のない頭をなでる。

「それで……ブリーはどこに?」と、ヴァイ。

ボブは朝の一件をかいつまんで話した。妻は聞き終わると、椅子に背をあずけて笑い、

「いい気味ね。ボブ、感謝するわ。ブリーの居場所を黙っていてくれて」

「わたしはどうすればいい?」

ヴァイはあっけらかんと、

「ブリーをここに連れてくるよう、手配してちょうだい、ダーリン。部下二名に場所を教えるだけでいいわ」

「すごいことを考えるな。ブリーがきみを見たら、つかみかかってくるぞ」

＊

ドアがきしみながら開き、レジナルド・ブルと部下のクレイトンがはいってきた。

ブリーはさまよう岩ブロックみたいにずんぐりして、目が怒りに燃えている。頰にはひっかき傷があり、シャツとズボンはぼろぼろだ。足首には、鋼製の枷《かせ》がぶらさがっていた。

ヴァイ・ベイズを見ると、突進してきて、執務テーブルの前で急停止。両のこぶしをテーブルにつけて、身を乗りだし、

「まさか、このご婦人と遭遇するとはな」と、大声でうなる。「あんた、頭がおかしくなったのか？」

背後から、ボブ・ベイズが音をたてずにはいってきて、ドアのかたわらに立った。

「もうすこし、おだやかに話していただけませんか、ミスタ・ブル？」と、ヴァイは驚いたふりをして、「いったい、どうしたのです？　どこにいらしたの？」

「襲撃をうけて、誘拐された」

ヴァイは笑ってかぶりを振り、

「第一に、ミスタ・ブル。そういうケースはしかるべき部局に訴えてください」と、皮肉をこめる。「具体的には、地域の警察当局に。よろこんで責任者の名をお教えしますから」

「ばかな！」ブリーは大きく息を吐きだし、「どうやら、わたしが錯乱したと思っているらしいな。だが、わたしは完全に……」

「ひとりの殿方なのでしょう？」と、ボブの妻はそれをさえぎった。

「なんだって？」細胞活性装置保持者は愕然として、「なにをいっているんだ？」

「きっと、誘拐された結果、この惑星で幸福を得るでしょうね」

「なんと！　では、なにが起きたか知っているんだな？」

「予想しただけです。オヴァロンの惑星で男性が誘拐されるとすると、理由はひとつしかありませんから、ミスタ・ブル。どうやら、あなたはその運命に抵抗しようとしているようですね？　わたしには理解できませんが」

「わたしをからかおうと思っているなら、いつどこでなにがあったか、まず明らかにしてもらいたい。だれもわたしを……」

突然、背後でするどい叫び声があがった。

クレイトンが逃げようとして、ドアに突進したのだ。しかし、外に跳びだす前に、ボブ・ベイズがその襟首をつかまえた。

「おお、信じられない！」と、ブルがうなる。執務テーブルをはなれて、ふたりに近づき、「これは興味深い再会だな！」

「そうでしょうか？」と、ボブは口ごもりながら、「わたしとしては、あなたがすぐにも〝解決策〟を見つけると思っていましたが……」

「解決策だって？」ブリーは息をのみ、相手をはげしくつきとばした。遺伝子技術者は壁に激突して、きりきり舞いする。

だが、すぐに反応して、次の打撃はすばやくかわした……ブルが全力でなぐりかかったにもかかわらず。

「やめて！」ヴァイ・ベイズはそう叫ぶと、馬蹄型の執務テーブルをまわって、レジナルド・ブルに駆けよった。「聞いてください、ミスタ・ブル。でないと、あなたの〝恒星警報〟計画についても、話しあうことができません！」

ブリーはこぶしを下ろし、ヴァイに向きなおった。だが、ボブはすでに反射的に反撃しようとしており、ブレーキをかけることができない。結果的に、ベイズのこぶしはブルの顎に命中し、不死者は床に倒れこんだ。

ボブは恐縮しながら、相手に手をさしのべて、

「申しわけありませんでした。お許しを、サー。てっきり、よけるとばかり思っていたものですから……」

ブリーはものすごい形相《ぎょうそう》で相手をにらみつけ、

「もう一度いうぞ」と、ヴァイにいった。「すべての疑問に答えるんだ！」

「あなたも状況は理解しているはずです」と、若い女はきっぱりと、「ですから、ここは文明人としてふるまってください。でないと、共同作業はできません！」

ブリーは腕を組み、

「では、あらためていう」と、苦々しく、「そちらの政府は責任を持って、誘拐犯を逮捕してもらいたい。連中は高価なグライダーも破壊したのだから。しかし……見たところ、そちらはこの襲撃に関して、犯人を見つける努力を放棄しているようだ。わたしを助けようとしないだけでなく！」

「われわれとしては、あなたをいつでも援助します……その必要があるのなら」ヴァイ

は意地の悪い笑みを浮かべた。「ですが、あなたは明らかに勘違いしています。われわれはいたって好意的なのですから」

「そういう詭弁が通用するとは思うなよ、ミセス・ベイズ。わたしもダントンも、惑星の法律は遵守《じゅんしゅ》する。だが、そちらが過度な挑発行為をつづけるとなると、話はべつだ」

「恫喝《どうかつ》するのですか？」

「まさか！　だが、そちらがわれわれと同様、法を遵守するというのなら、そこではじめて共同作業が実現するだろう」

「そういうことであれば、ミスタ・ブル、あなたには惑星住人に対する〝政治貢献〟をもとめますわ。それが実現すれば、住人はあなたに、敬意を持って接するようになるでしょう！」

「その件については、あとで考えよう……おちついてから。いまはなるべく早く《ジェミニ》にもどりたい」

「わかりました、ミスタ・ブル」ヴァイ・ベイズはにこやかに答えた。「船にもどれば、安全は確保されるでしょうね。船に隔離されたともいえますが」

＊

暗くなるころ、ヒルデンブラント市の通りにも、雪が積もりはじめた。人々は白いトンネルをぬけて、家路を急いでいるはずだ。

「よくない兆候ね」と、クリス・ベイズがいった。ボブたちは夕食のテーブルをかこんでいる。「以前なら、この季節に雪が降ることはなかったわ」

「そうかしら」と、アリシャが、「われわれ、この惑星のことを完全に知っているとは思わないけど。やってきて、間もないし」

「でも、すくなくとも、いい兆候じゃないでしょ？」

「どうでもいいさ」と、ボブ・ベイズがとりなす。「たしかに、冬はもっと短かったかもしれない。でも、われわれはちゃんと生きている」

「そういうこと。もっと大雪の年もあったし」と、ヴァイがいった。「それより、計画のことを話しましょう」

「どの計画かな？」と、ボブ。

「オヴァロンの惑星にふたつの勢力が存在しているっていう話よ。われわれ、状況を理解して、ダントンとブルの計画を探り、ふたりがこちらの同意なしに、狂気の計画を実行しないよう、注意しなければ。ある日突然、事実をつきつけられることがないように」

　ボブ・ベイズは肉をひと切れ、口に運んでから、

「きみのいうとおりだ」と、うなずく。「恒星が突然、一定のリズムでインパルスを発

しはじめたら、プローンがすぐに気づくはず。そうなったら、いずれ偵察にやってくるにちがいない」

「そして、お休みなさいってわけね」と、クリス。

「この惑星は無防備よ」アリシャが身をすくめた。

「だからこそ、阻止しないと」と、ヴァイがつけくわえる。

「で、きみはどうするつもりだ？」と、ボブがたずねた。

「ええ。《ジェミニ》に奇襲攻撃をかけるつもりよ。必要な武器は、今夜じゅうに調達できるはず」

「政府はなにか決定を？」

「必要な武器？」ボブは不安にかられて、「どういうことだ？」

「われわれ、巡洋艦の状況に応じて、臨機応変に戦う必要があるわ」

「それは危険だ！」

「もちろん、覚悟のうえよ。武器なしで、男たちのいる《ジェミニ》を攻撃できるはずがないでしょう？」

夫はまた肉をひと切れ食べると、かぶりを振った。

「もちろん、無理だな」

「でも、男が数人いたら、状況は変わってくるかもしれないわ。たとえば、あなたが。違う？」と、ヴァイ。「もちろん、大半のことは女たちで処理できるけれど、場合によっては、男がいたほうが心強いと思うのよ」

「それはわたしも考えたが……」

「あなたもですって？」アリシャが心配して口をはさむ。

「ふむ。まあね」

「おかしない方ね」と、アリシャ。「もしかして、われわれに不満があるの？」

「聞くまでもないでしょう？」と、クリスが笑って、「ボブは贅沢三昧の暮らしをしているわ」

「わたしもそう思うわ」と、ヴァイが口をはさむ。「そうじゃなくて？」

「そうよね。理想的な夫ですもの」アリシャは安心したらしい。

「もちろんだが……ひとつだけ」と、ボブは苦笑しながら、「すこししずかに食べさせてくれないか？　おしゃべりはあとにして」

「わかったわ、ボブ」と、ヴァイがいった。「お望みのままに」

＊

ヴァイ・ベイズは《ジェミニ》に接近すると、グライダーを減速させた。

「見つかる可能性はほとんどないわ、ボブ」と、告げる。「この吹雪のなかを、女がやってくるとは思いもしないはずだから」

ボブ・ベイズは眼鏡の位置をなおすと、下界を眺めた。すべてが雪におおわれ、重巡洋艦も巨大な雪の半球にしか見えない。

ヴァイはテレカムのスイッチを入れた。数秒後、スクリーンに将校の顔がうつしだされる。

「ミスタ・ブルおよびミスタ・ダントンに会いにきました。開けてください」

「そのままお待ちを」

ボブは背後に目をやった。後続の二機が目にはいる。どちらも、乗っているのは女だけだ。

「いいわ」と、ヴァイがつぶやく。

雪の一部が崩れて、数メートル四方のハッチが開いたのだ。

「格納庫9に降りてください」と、将校がいってくる。

「ありがとう」

三機はエアロックに接近し、ふたりの乗るグライダーがまず着艦。さっきの将校に迎えられた。だが、あとの二機はハッチの前後で静止し、ハッチを閉じられないようにする。

「待った!」と、将校がそれを見てどなった。「ミセス・ベイズ、これはどういうことです?」

ヴァイは屈託のない笑みを浮かべて、

「なんのことかしら？」と、たずねる。

ボブ・ベイズは反対側からコクピットを出ると、パラライザーをぬいて発射。将校は武器をとるひまもなく、くずおれた。

ハッチを封鎖した二機から、女たちが跳びだし、ハッチの前に反重力プロジェクターを設置。反重力フィールド・リフレクターを展開してハッチを固定すると、雪におおわれた地表とのあいだに、搬送用反重力フィールドを構築した。一方、地表では、雪のトンネルから百名をこえる女たちがあらわれ、反重力フィールドに跳びこんで、次々に上昇してくる。

ボブもハッチのところに急ぎ、下をのぞいてにやりと笑った。《ジェミニ》の艦長が、あわてて防御バリアを作動させたのだ。しかし、もう遅い。バリア内には、五百名近い女が侵入している。もはや、全員を排除するすべはない。

ヴァイのもとにひきかえして、

「うまくいったぞ。計画どおりだ」

女たちがエアロック格納庫にどんどん流れこんでくる。ボブは妻のクリスから、重分子破壊銃をうけとると、もよりのハッチに走って、点射をくわえた。同様に、あと二カ所のハッチを破壊して、侵入口を確保する。

それがすむと、重い銃を腕でかかえて、エアロック外扉のところにもどった。そのあいだも、女たちは艦内になだれこんでいく。

それを見守り、思わずにやりとした。

銃をかまえて、ぶあついハッチの切断にかかる。グリーンのビームはハッチを容易に切り裂き、二分ほどで、人が通れるだけの正方形の穴が開いた。切りだした部分を蹴って地表に落とす。

次の瞬間、反射的に身をすくめた。パラライザー・ビームが命中したのだ。倒れながら、体勢を入れかえて背後を見る。二十メートルはなれた通廊ぎわのハッチの横に、男が立っていた。いま撃ったばかりの銃を捨てて、後退しつつある。

そこで、ヴァイが発砲した。

それも、パラライザーではなく、インパルス銃を。灼熱のエネルギー・ビームは男の頭上……通廊の天井に命中。天井の合成物質が赤熱《せきねつ》して溶け、男に降りそそぐ。

だが、それで呪縛が解けたらしい。男は火傷《やけど》を負いながらも、悲鳴をあげて逃げていった。それが最後で、もう応戦する者はいないようだ。

「介抱して！」と、ヴァイが夫をさししめして命じる。「クリス、あなたはここでボブを見ていて！」

「ヴァイ、わたしはまだ……」と、ボブはいいかけたが、すでにからだがいうことを聞かなかった。

＊

ヴァイ・ベイズはテレカムで戦況の把握につとめた。突入は成功しつつあるが、すでに三十名以上がパラライザーで撃たれ、行動力を失ったようだ。

ボブの重分子破壊銃を拾いあげようとしたが、重すぎる。そこで、近くにいた部下に命じて、ふたりがかりで次の装甲ハッチまで運び、ハッチを破壊した。これにより、主反重力シャフトまでの経路を確保できたことになる。

すぐ近くのインターカムで、呼び出し音が響きわたった。近づいて、スイッチを切り替えると、小型スクリーンにブリーのきびしい顔がうつしだされる。

「きみが部下を殺す前に、司令室への扉を開けざるをえないようだ、ヴァイ・ベイズ」と、細胞活性装置保持者は怒りをこめて、「正気の沙汰ではないな。きみが破壊しつづけるハッチひとつにつき、どれほどの科学・技術的努力が傾注されているか、わからないのか？

《ジェミニ》乗員の生命を危険にさらす理由もわからない。ただちにすべての暴力行為を中止するのだ。こちらとしては、緊急スタートで宇宙空間に出るという手段もあるのだぞ。そうなったら、諸君は一瞬にして潰滅する！」

「それはそれは、ミスタ・ブル」と、大臣は自信たっぷりに、「ですが、あなたはかたくなでも、近視眼的でもないはず。むしろ、驚くべき早さで状況を把握できると思いますが」

ブリーは態度をやわらげた。

「この女どもときたら……」と、スピーカーから声が聞こえる。

ヴァイ・ベイズは明るく笑って、

「反重力シャフトは占拠しました。ですが、部下は司令室ではなく、ほかのセクションを制圧しています。抵抗はほとんどないようですわ！」

重巡洋艦の司令室にはいると、ダントンとブリーが出迎えた。

「なにを考えているのだ、ミセス・ベイズ！」と、ブルが怒りの形相で、「どういう計略があるか知らないが、あんたがやったことは許しがたい！」

「やむをえない自己防衛手段なのです」と、おちつきはらって答える。

「自己防衛だって？」と、ダントンが、「どういう意味だ？　そっちの安全は保障されているじゃないか！」

「冗談を！　あなたとミスタ・ブルの計画が実行にうつされたら、この惑星の住民全員が、ただちに生命の危機にさらされます」

「大げさすぎる！」と、ブリーは、「とにかく、この問題はおちついて話したい。部隊を撤収させてもらいたい」

そういうと、先に立って将校食堂に案内する。同行するのはダントンと、ヴァイの部下二名だけだ。

「ミセス・ベイズ、すでに説明したとおり、恒星を活性化しても、オヴァロンの惑星に危害はおよばない。多くの恒星が、似たような五次元インパルスを放射しているのだから……日常的に、一定のリズムで。大昔の科学者は、それを異知性体からのシグナルだと信じたもの。だが、そうではなかった……すくなくとも、われわれは科学者たちが間違っていたと知っている」

細胞活性装置保持者はおだやかにつづけた。

「われわれが一恒星を使って送るシグナルも、まったく同じ性質を有する。つまり、テラナー以外はだれも〝SOS〟の意味がわからないのだ」

「それについては、納得しましょう、ミスタ・ブル」と、ヴァイ。「ですが、政府は納得しません。あなたがたの計画を承認するわけにはいかないのです」

「なぜかな？」

「すでにお話したとおり、われわれにとって危険が大きすぎるからです」

ブリーは絶望のため息をついた。

「それは正しくない、ミセス・ベイズ。プローンには、こちらのシュプールをたどれないのだから」

「そして、ある日、この世界は終わりを迎えるわけですか？」

「主張は理解できる、ミセス・ベイズ」と、ダントンが真剣な表情で、「ＳＯＳ恒星をつくること自体には、反対ではないと思うが……いかが？」

「そのとおりです、ミスタ・ダントン」

「こいつは驚いた」と、ブリーがうめき声をあげる。

「つまり、そちらの懸念は、この惑星の防衛態勢が、あまりにも弱い……その一点につきるわけだ」と、ロワがつづけた。

「そうです」と、大臣はうなずく。

「そこで、われわれがスタートしないようにするため、この艦を急襲したのだな」

「まさにそのとおりです、ミスタ・ダントン。そういったはずですが？」

ロワ・ダントンは笑って、

「遺憾ながら、ミセス・ベイズ、べつの意味に解釈していたようだ」

「なんと！」と、ブリー。「なぜはじめから、そういわなかったんだ？」

ヴァイはほほえんで、かぶりを振り、

「われわれのあいだでは、意思疎通がむずかしいようですわね、ミスタ・ブル。でも、女より男のほうがすぐれているという考えを、あなたが放棄してくだされば……」

「で、そちらが女のほうがすぐれているると、たえず証明しようとするのをやめれば……」ブリーはそういうと、にやりと笑い、「きみのいうとおりだ、ミセス・ベイズ。おたがい、偏見にとらわれるのはやめよう」

「そのためには、しかるべき提案があると思いますが」ヴァイはふたたび、距離をおいた口調でたずねた。こういう場合、過度に親しげな態度や、親密な話し方は、えてして不利益をもたらすから。

「そちらの支援を得られれば、あらたに宇宙船を調達しよう」と、ブリーが応じる。

大臣は驚いて、眉をひそめ、

「その可能性があるというのですか、ミスタ・ブル」

「ミセス・ベイズ、はるかな太古のことだが、地球がたどりついたのと同様、レムール艦隊がここメールストロームに漂着した」と、ブリーは、「われわれはその艦隊の正確なポジションを知っている。ほぼ二万二千隻の艦艇が、メールストローム内部を漂流しているのだ。無人だが、完全に機能する状態で」

ヴァイは疑い深く、相手を見つめた。にわかには信じられない話だ。

「なぜそれを知っているのです?」と、たずねる。

「ゼウスから聞いたのだ」

「その艦隊を、いままでなぜ放置していたのですか? それがあれば、防衛力を飛躍的に向上させることができたのに」

「とりにいく必然性がなかったからだ。オヴァロンの惑星は危険にさらされていないから。その点は自信がある。それでも、万一にそなえて、いつか数隻だけでも調達しようと、以前から考えてはいたがね」

「それを実行しなかった理由は？」

「艦隊が行動すれば、そのポジションを探知されるからね」と、ロワが口をはさんだ。

「そうなると、だれかがオヴァロンの惑星を発見する危険が生じる」

ヴァイは椅子にからだをあずけ、考えこむ。

「それでも、そちらの要求に答えて、あえて提案したわけだ、ミセス・ベイズ」と、ブリーがつづけた。「この惑星には、宙航士の訓練をうけた男女が多数いる。かれらを乗せて、ダントンの指揮で《ファラオ》を派遣しようと思う」

「どのくらい、持ち帰るつもりですか？」

「あらゆる攻撃に対処するにしても、ミセス・ベイズ、数百隻でたりるだろう」

ヴァイはうなずき、

「魅力的なアイデアですね。それは認めます。われわれが艦隊を持てば、大宇宙からのあらゆる攻撃に対処できるでしょうから。わかりました。政府に持ち帰って協議します、ミスタ・ブル」

「われわれ、まちがいなく合意が得られるさ」ブリーは安堵のため息をついて、「では、部下を《ジェミニ》から撤収させてもらいたい」

ヴァイはかぶりを振った。

「そうはいきません、ミスタ・ブル。部下の撤収は《ファラオ》のスタート後になります。了解してください」

「了承するほかないでしょう」と、ロワ・ダントンが、「たしかに、《ジェミニ》の一部が占拠されるというのは、好ましい状態ではありません。ですが、安全は充分にたもてると思いますから」

「おいとまする前に、ミスタ・ブル。レムール艦の話は本当ですね？」

「話したとおりだ。それで充分だと思うが」

「ええ、充分です」ヴァイは立ちあがり、「今夜にも、また連絡しますから」

そういってふたりに会釈すると、将校食堂を出ていった。

4

ヴァイ・ベイズは約束を守った。

会見から数時間後には、ブリーに惑星政府の決定を伝えてきたのである。

「あすまでに、宙航士の訓練をうけた男女の個人データを用意します」と、通告する。

「そちらのポジトロニクスを使えば、レムール艦捕獲に必要な人員を、選定できるでしょう」

「そちらで割ける人数は?」と、レジナルド・ブルはたずねた。

「現在の推定では、ほぼ千五百名です。正確にいうと、男は九十四名で、あとは女です」

細胞活性装置保持者は額にしわをよせて、

「男の数は正確で、女はそうではない……そういうことかな? なぜだ?」

「女は妊娠している可能性がありますので、ミスタ・ブル」と、大臣は、「この惑星がどういう状況か、ご存じと思いますが」

「おお、なるほど」と、ブルはおちつきはらって、「説明はけっこう。了解した」

「現実に」ヴァイは冷やかすように、「女たちはかなりの割合で妊娠しています。政府は正確な数字を把握していませんが、いずれにしても、妊婦がオヴァロンの惑星をはなれるわけにはいきません」

「なぜはなれてはいけないのかね?」ブリーは驚いて、「妊娠しても、能力に変化があるわけではない。それに、きみの部下なら、あたえられた任務をかならず完遂すると思うが……」

「ミスタ・ブル!」女はするどい声でそれを制した。「生命の誕生より崇高なものはありません。子供が生まれたら、どういう事情があっても、その安全を最優先にしなければならないのです。もちろん、妊娠した女でも、もし遠征部隊にくわわれば、ひとりでレムール艦を完璧に操作できますが」

「ま、いい、ミセス・ベイズ。了解した」

相手はわずかに唇をゆがめて、

「男はなぜそう強情なのかしら?」

ブリーとしては、答えようがない。後頭部を搔いて、

「さあね」と、つぶやく。「では、データを待つ」

「お休みなさい」と、女はいって、スイッチを切った。

＊

二日後、レジナルド・ブルはヴァイ・ベイズの使者から情報リールをうけとり、それを首席将校にわたした。将校はデータをポジトロニクスに送り、その結果、男九十四名と女千三百七十六名が、遠征部隊に参加することになる。

「上出来だな」と、ブルはつぶやき、司令室の主ハッチの横にすわる若い女を見た。女は膝にインパルス銃を載せている。司令室の監視役はぜんぶで三人おり、二時間交代で任務についていた。《ジェミニ》の戦略的に重要なポイントには、かならず同じような監視役が配置されている。

ロワ・ダントンが司令室にはいってきた。ブリーは選抜結果を伝えて、

「全員をしかるべき場所に配置しよう」と、告げる。「ただし、場合によっては、数人だけで船を運用する必要が生じるかもしれないが」

ダントンは別れの挨拶のあと、

「《ファラオ》のスタート準備はととのっています」と、いった。「ヴァイ・ベイズに乗員を送るよう、伝えてください。船内はいささか手ぜまになるでしょうが、短時間の辛抱です」

もと国家元帥は友が司令室から出ていくと、武装した女に近づいて、ズボンのポケッ

トに手をつっこんだまま、

「そろそろ、おしまいだと思うが。もう撤収したほうがいいと思わないか？」

「なぜです？」と、相手は驚いて、「そういう命令は出ていません」

ブルは憤然と若い女をにらんだが、なにもいわずに顔をそむけた。ここ数日の経験から、なにをいっても無駄だとわかっているから。それに、今後数時間でなんらかの重大な対立が生じないかぎり、監視役は《ジェミニ》から出ていくはずである。

実際、ブルは自室にもどり、その〝数時間〟はなにごともなく経過した。

翌朝、通信センターにロワから連絡がはいる。

「これからスタートします。こちらはすべて正常。幸運を、ブリー」

「ロワ、きみもな」

「《ジェミニ》はいつスタートするんです？」

「そのうちに」

ローダンの息子はうなずいて、スイッチを切った。ブルは主スクリーンに目をやり、レムール船が着陸床から浮かびあがり、高加速で雲間に消えるのを見送る。そのあと、歩哨に近づいて、手を振り、

「さて、そろそろ消えてもらおうか」

若い女はかぶりを振って、

「そういう命令はうけていません！」

「わたしが命令するよ」

「それは正当なものではありません！」

ブリーは悪態をついて、テレカムのボタンをいくつか押しこんだ。やがて、ボブ・ベイズのイメージが投影フィールドにあらわれる。遺伝子技術者は度の強い眼鏡の位置を調節すると、何度もまばたきした。だが、相手がだれか、わからないようだ。

「あんたの奥方に用がある！」と、きびしい口調で告げた。

「どちらさまで？」と、ボブ・ベイズ。

「見ればわかるだろう？　おろか者をよそおっても、得るものはないぞ！」

男はにやりとして、

「わたしもいろいろと、ヴァリエーションを用意してあるのでして」そういうと、スイッチを切り替える。スクリーンが一瞬だけ乳白色になり、すぐヴァイの顔がうつしだされた。

「ハロー」と、ブリーは、「《ファラオ》がスタートした。そちらの部下をひきあげてもらいたい」

「なぜです？」と、にこやかに、「部下の一部は、そちらの船内で、伴侶を見つけたようですが」

「ミセス。わたしの忍耐も限界に達しつつあるが」

「ミスタ・ブル。わたしは率直に申しあげているのです。部下を一時的にでも、船内にとどめてください」

「そういう話は寝耳に水だ。とうてい許容できない！」

「そうおっしゃらずに。われわれ、《ファラオ》遠征部隊の成果を待ちたいのでして。最初のレムール艦が到着したら、全員を撤収させますから」

ブリーは唇を嚙み、怒りをこらえた。なんとか自制をたもって、考えをめぐらす。こういう展開はまったくの予想外だ。奇襲をうけて以来、長いあいだ相手の〝ゲーム〟につきあってきたが、いまだにヴァイ・ベイズの行動は理解できない。

「たしかに、その点は考慮しなかった」と、ふたたび口を開いて、「だが、計画は変更しない。数日後には、あらかじめ選定した恒星が、所定のシグナルを発信しはじめる」

「では、了承いただけますね、ミスタ・ブル」と、ヴァイがおだやかにつづけた。

細胞活性装置保持者は一日でも貴重なのだと説明しかけたが、やめることにする。実際問題として、ペリー・ローダンはすでに、メールストロームに帰還しているかもしれないし、捜索を開始したかもしれないのだが。あるいは、きょうかあすにも到着するか……もっとも、すでに捜索をあきらめて、ふたたびメールストロームを去ってしまった可能性もあるが。

「ま、いいだろう、ミセス・ベイズ。待とう」と、なるべく無関心をよそおって答える。

「さいわいですわ。たがいに理解しあえて」女はそういって、スイッチを切った。

＊

ブリーはしばらく考えてから、立ちあがった。大きく伸びをして、あくびを嚙み殺しながらハッチに向かう。ハッチのわきにすわる歩哨は、勝ち誇った笑みを浮かべたが、次の瞬間、その表情が凍りついた。ブルがいきなり腕を伸ばし、武器をもぎとったのだ。女は仰天して、なにかいおうとしたが、ブルはかまわず相手の肩を左手で押さえつけ、「おちつくんだ、お嬢さん。すぐ解放するから」と、おだやかにいって、背後の《ジェミニ》副長を呼んだ。「リザン！」

「サー？」と、将校が答える。

「エアロック・ハッチを封鎖して、エネルギー砲をヒルデンブラントに向けるのだ。特別命令〝メールストロームの烽火《ほうか》〟を発動する！」

「了解、サー」副長は敬礼すると、インターカムに走った。

いよいよ活動開始だ。

「なにをするつもりです？」と、歩哨がたずねる。

「いつまでも好き勝手に行動できると、本気で信じていたのか？」と、ブリーはいいすて、ハッチを開けた。通廊に出ると、武装した女ふたりが、男七名のグループに銃を向けている。全員がこちらに背を向けており、女たちは安心しきっているようすだ。細胞活性装置保持者はふたりに近づくと、その肩に手をおいて、「武器を捨てるんだ、お嬢さん。遊びは終わったぞ」

だが、ふたりは無造作に振りかえった。

「ばかな！」と、ブルはかぶりを振り、「なぜ不必要な危険をおかすんだ？」

「もどってください、ミスタ・ブル」と、一方が応じる。ブルネットの大柄な女だ。

「でないと、撃ちます！」

「もし発砲すれば、火器管制将校がヒルデンブラントを砲撃する」

「町を破壊するつもりなの？」

「いや、いまのところ、その気はない。周辺部を撃てば、熱波で雪が溶けて洪水が町におしよせ、数分後にまた結氷するだろう。そうなれば、町は氷の下に閉ざされる。それで充分だと思わないか？」

女はあきらめたようだ。ブルはふたりを武装解除して、

「早く退艦するんだ」と、命じた。「《ジェミニ》はあと数分でスタートする」

ふたりはもう抵抗しない。予想どおりだ。本来、彼女たちは戦う気がなかったし、艦内で男といっしょにすごすうち、良好な関係を築いた者もすくなくなかった。つまり、

戦うという選択肢はナンセンスなのだ。おそらく、艦内のほかのセクションも、似たような状況だろう。

「さ、行きなさい」と、くりかえす。

ふたりはそれにしたがい、反重力シャフトに姿を消した。それを見送ってから、ふたたび司令室にもどる。リザンが近づいてきて、

「《ジェミニ》を奪還しました」と、簡潔に報告。

ブルはうなずいた。

「住人は格納庫8に集めて、そこから退艦させます」

「全乗員はスタートの準備を」と、命じる。

そのあと、また司令室を出て、反重力シャフトと通廊を通り、だれにもじゃまされずに科学ステーションに到達。反重力フィールドを出ると、モード・イ・ハカ博士が出迎えた。ハイパー物理学者とともに、インメストロン刺激インパルス計画セクションを見てまわる。とはいえ、スタッフは作業に没頭し、ブリーには気づかなかったが。

「まもなくスタートすると聞きましたが」と、博士がたずねた。「本当ですか?」

「もちろんだとも」と、細胞活性装置保持者。「InAF装置の準備は?」

「完了しています。あとはスタートを待つだけでして。どの恒星を選んだのですか?」

「一赤色巨星を。オヴァロンの惑星からは、百二・五七光年はなれている」

「その恒星が好適なのですか？」イ・ハカ博士は工具を置くと、防護手袋をとった。ものしずかな、若い女性科学者だ。髪はブルネットで、かなり身長が低いが、それも魅力をそこねるものではない。

「もちろん」と、ブリーは、「この星系から充分に遠い一方で、飛来する宇宙船を観察するには充分に近いポジションにある。〝メールストロームの烽火〟には最適だ」

イ・ハカはブルーの上衣をひっぱると、横を向いてほほえみ、

「うれしいですわ。また仕事をごいっしょできて」

「というと？」

「このところ、あなたは女性全般に怒りを感じていたでしょう？」

ブリーは笑った。

「よくそういわれるよ」

背後で扉が開いて、

「ミスタ・ブルはここに？」と、明るい声が響きわたる。

細胞活性装置保持者は振りかえり、

「ミセス・ベイズ！」と、息をのんだ。咳ばらいして、「ばかな！　なぜきみがここにいるんだ？」

ヴァイ・ベイズがはいってくる。ボブも。大臣の夫は眼鏡の位置を調整してブルを見

つめ、まばたきした。

「すぐ《ジェミニ》から出ていけ！」と、ブルはきびしい口調で、「もうたくさんだ、ミセス・ベイズ。わたしもいつまでも自制をたもてないぞ」

「そうはいきません」ヴァイはやんわりと応じる。「ここにきた理由はひとつ。そちらがオヴァロンの惑星から充分にはなれた恒星を選ぶかどうか、確認するためです」

「道で小石を見わけるのとは、わけが違うぞ」

「わかっています」

「いいだろう」と、ブルはうなった。「きみは同行していい。だが、配偶者には、退艦してもらう」

ボブ・ベイズがはげしくかぶりを振る。

「問題になりません！　わたしは妻のもとにとどまりますぞ！」

レジナルド・ブルは夫婦を交互に眺めた。もちろん、ふたりに……あるいは、どちらか一方に、退艦を命じる権限はあるし、それを強制もできる。しかし、もし強制すれば、惑星政府との緊張が、さらに高まるのは確実だ。

「今回の飛行には、大きな危険がともなうぞ。なにが起きるか、だれも事前にはわからないのだから」

「覚悟はしています」と、ボブが答える。

「いいだろう」ブリーは譲歩した。「どうしてもというのなら、ここにのこっていい。わたしの賓客として迎えよう。ただし、操艦や作戦に干渉したり、艦内の問題に口を出したりしないように。そういう問題行動があれば、ただちに拘束する」

「じゃまはしません」と、ヴァイが約束。「観察だけにとどめます」

「そう願いたいね」ブルは不機嫌にいうと、科学ステーションを出た。

*

司令室にもどると、リザンが近づいてきた。

「スタート準備がととのいました」と、報告。「ただし、艦内に少数の住人がのこっておりますが」

「少数がのこった？」ブルは驚いて、「なにがあったんだ？」

「デッキ3の武器庫に、二十名の女がかくれていました」と、副長は、「実力行使で排除することは可能ですが、本人たちは退去を拒否しています」

「実力行使？」と、ブルはかぶりを振り、「これはまずい。よろしい、そのままスタートしよう。女たちが面倒を起こさないよう、厳重に監視するんだ」

「すでに手配しました、サー」

「いいぞ、リザン。では、スタートしよう」

副長は自席にもどり、まもなくスタート命令が出た。主要機器が息を吹きかえし、重巡洋艦は巨大な力をみなぎらせて地表をはなれ、高加速で宇宙空間に向かう。

「連中を連れてきたことを、後悔しなければいいが」ブルはそうつぶやくと、操作コンソールに身をかがめ、インターカムで科学ステーションを呼びだした。

「ミセス・ベイズと話したい」と、イ・ハカ博士の助手に伝える。

やがて、大臣の顔がプロジェクション・フィールドにうつしだされると、

「いささか問題が起きた、ミセス・ベイズ」と、きりだした。「解決するのに、きみの力を借りたい」

「よろこんで。どうしたのですか？」

「きみの部下の一部が、艦内に立てこもっているのだ、ミセス・ベイズ。抵抗をやめて出てくるよう、説得してもらいたい」

「もちろん、協力します」と、ヴァイがすぐ答える。

ブリーはインターカムのスイッチを切ると、副長に向きなおり、

「リザン、武装兵数名をイ・ハカ博士の科学ステーションに派遣して、警戒にあたらせてくれ。不測の事態が生じた場合、InAF装置を守らなければならない」

「女たちが破壊工作をはじめると思われるのですか？」

「もしかするとな」

＊

リク・ラディク大佐はメールストロームの特殊な空間状況を計算に入れながら、注意深く超光速飛行をくりかえした。《ファラオ》はレムール艦隊二万二千隻が漂流する宙域に向かっている。メールストロームはいつものように、エネルギーが渦まいているが、船長は操船に自信があった。

乗員はレムール技術にすっかり習熟しており、障害はすべて排除していたから。それに、ロワ・ダントンはいまでも、くりかえし訓練を実施している。

司令室には、ダントンの将校のほかに、女性将校二名がひかえていた。オヴァロンの惑星の執政官メイク・テルナに派遣された、アリク・ラ・バインクスとフィルダ・ヘイルである。ふたりとも九十歳で、ローダンのいわゆる〝レディの感性〟計画にもとづき、オヴァロンの惑星に植民したメンバーだ。今回の遠征では、収容したレムール艦の指揮をとることになっている。

アリク・ラ・バインクスは禿頭なので、いつも将校帽をかぶっていた。髪を失った理由は語らないが、任務は沈着冷静かつ確実に遂行する。

フィルダ・ヘイルは年齢のわりに若く見え、ほっそりして女らしく、気まぐれだった。また、非常に高度な教育をうけており、知性も高い。もっとも、若く見せるために多大な努力をはらっているのは、ダントンも知っていたが。

このふたりが面倒を起こさないことは、スタート前からわかっていた。ダントンから見ると、むしろ信頼できる将校である。ふたりがいなかったら、この遠征は成功しないだろう……

「最終リニア段階が終了します！」と、《ファラオ》副長補のアットラ・ラウエントが報告する。

ロワ・ダントンは飲料がはいったコップをトレイに置いて、身を乗りだした。あと数秒すれば、二万二千隻の探知リフレックスが見えるはずだ。

ラディクの前のスクリーンで、光がまたたきはじめた。

次の瞬間、映像があらわれる。

「これはどういうことです？」と、アリク。

ダントンも愕然とした。

「せいぜい三百隻か、四百隻しかないわ」と、フィルダがつづける。「どうなっているの？」

「エネルギー藻だ！」と、リク・ラディクがつぶやいた。「おそらく、エネルギー藻のせいでしょう」

ロワは冷静さをとりもどし、

「その可能性はあるな」と、船長を支持する。「エネルギー藻なら、艦船を破壊できるから。ともあれ、アラスカ・シェーデレーアの報告は信用できる……漂流艦隊の数をふくめて」

オヴァロンの惑星の将校ふたりは、すばやく反応した。

「時機を失しないようにしなければ！」と、アリク・ラ・バインクスが、「ほかの船も〝汚染〟されたら、すべてがむだになります！」

「指揮官四名は五十コマンドを配置につかせろ！」と、ダントンは命令。「可及的すみやかに艦船を調査し、接収可能なものをマーキングするのだ。ラウエント、各コマンドが合理的に任務を遂行できるよう、ポジトロニクスに調整させてくれ。結果はインターカム回線にまわし、だれでも参照できるようにするんだ。時間がおしい」

アリクはうなずいた。自分なりに、可能なかぎり迅速に行動するつもりだろう。

5

「《ジェミニ》はあと五時間で、目標に到達します」ヴァイ・ベイズはそういうと、室内を眺めまわした。夫といっしょに、将校食堂で二十名の女たちを前にしている。ここに自由に出入りできるのは、ボブとふたりだけだ。あとの二十名は武器庫からここにうつされたあと、禁足命令をうけていた。

「遅すぎるわ！」と、背の高いブロンドの女が叫ぶ。

「遅すぎる？　たしかにそう聞こえたと思うが」と、ボブがたずねた。

「そのとおり！」と、べつの女が応じる。褐色の肌で、燃えるように赤い上下を身につけた女だ。「わたしはアカ・オウナイス。この分野の専門家です。われわれ、この飛行について、すべての危険を排除しました！」

「それはそれは！」ヴァイは椅子にすわり、目の前のテーブルに載ったがらくたをかたづけた。「でも、われわれ、ブルに疑念を起こさせるわけにはいかないのよ」

「それに、われわれの使命はべつのところにある」と、ボブがあとをひきとり、アカ・

オウナイスをまじまじと見つめる。

「執政官メイク・テルナはわたしに、全権を委譲しました。ロワ・ダントンが宇宙船を確保して、オヴァロンの惑星にもどるまで、レジナルド・ブルを牽制《けんせい》するように」と、大臣はつづけた。「あなたがたも、ほかの政府要員と同様、この命令にもとづいて、リスクを負う義務があります！」

「でも、待つ必要はないと思いますが。宇宙船はまちがいなく、確保できるのですから」と、アカが反論。「コマンドは高度な訓練をうけています。自己防衛の方法もふくめて！」

「それでも、レジナルド・ブルのような男を、長時間にわたって意のままにできるとは思わないように！」ヴァイは辛辣に応じた。

「いまなら、こちらの思いどおりになるはずです！」と、ブロンドの女丈夫が口をはさむ。

「それが間違いなのよ！　これまで、こちらの主張が通ってきたのは、ブルが充分に配慮したからです。だから、思いどおりになる、要求がかんたんにうけいれられると感じるのね。でも、実際はそうじゃない。ブルが〝配慮〟したのは、女と戦いたくなかったから。あるいは、自分で状況を最終的にコントロールできると考えたから。でも、まもなく目標に到達するという段階では、もう譲歩しないわ。もしまた挑発すれば、全員が逮捕されるわね」

「それで、あなたの提案は？」と、アカがたずねる。

「われわれ、実力を行使しなければならないわ」

「実力？」

「ほかに方法はありません」

「なにを考えているんだ？」と、ボブが口をはさんだ。

「エンジンを麻痺させます。ブルが計画を中断せざるをえないように」

「なるほど。エンジンが脱落すれば、《ジェミニ》は航行不能になる。ブルはダントンが《ファラオ》で救出にくるまで、手も足も出ない」と、遺伝子技術者。「いいアイデアだな」

「いまやっと、わかりました」と、アカ・オウナイスが仲間を振りかえり、片手をつきあげて、「これは武器庫から奪ったマイクロ爆弾よ。前に、ヴァイに返却するかどうかたずねたところ、その必要はないといわれたわ」

ヴァイ・ベイズはほほえんで、

「なぜだと思ったの？　ブルをびっくりさせてやりましょう」

「ボブかあなたが実行するのですね」

ボブ・ベイズは眼鏡の位置をなおすと、立ちあがり、褐色の肌の女に近づくと、手を

伸ばした。卵型の爆弾をうけとり、それをまじまじと眺めて、

「あつかい方は？」と、たずねる。

アカはふたたびそれを手にとって、

「かんたんです」と、説明。「このグリーンのボタンを押すだけで、作動しますから。もちろん、遠隔操作も可能で、周波はこのつまみで切り替えが可能です。もう調整ずみなので、このまま使ってください」

「爆発の威力は？」と、ボブはたずね、身をかがめた。女の手もとがよく見えなかったのだ。

「わかりません。でも、それは問題ないでしょう。マイクロ爆弾では、《ジェミニ》を破壊することはできませんから」

「それでも、知っておくほうがいいんだが……」と、男はつぶやきながら、それをまたうけとって、ポケットにおさめた。「もうひとつ。爆破する区画の乗員を退避させる必要がある。死傷者を出さないように」

「その点は心配いらないわ」と、ヴァイは自信たっぷりに、「準備がととのったら、ブルに通告すればいいから。どうするかは向こうが考えるでしょう」

「では、行ってくる」ボブはそういうと、踵《きびす》を返して食堂を出た。ハッチのわきに立つ歩哨は、まったく注意をはらわない。

＊

「われわれ、もっと早くここにくるべきだったな」と、《ファラオ》副長補アットラ・ラウエントがいった。搭載艇はレムール艦に接近しつつある。「ほら、多くの船が破壊されている」

「たしかに多いけど、ぜんぶじゃないわ」と、フィルダ・ヘイルが応じた。

アットラはスクリーンに目をやる。探知リフレックスは三十以上あった。コースを変更して、大破した小型艦のわきをかすめ、次の一隻に接近。これは無傷のように見える。

搭載艇は減速し、やがてその艦とシンクロした。

「エアロックが開いているわ」と、フィルダの部下がつぶやく。オヴァロンの惑星の住人は五名の女が同行していた。いまはいずれも、後部シートにすわっている。副長補は艇をエアロックに進入させ、異なった周波で何度か命令インパルスを発信した。やがて、外側ハッチが閉じ、内扉が開く。

「呼吸可能な空気がある」と、女たちに、「外に出よう。戦闘服は必要だが、ヘルメットは閉じないでいい」

フィルダ・ヘイルがまず格納庫に出て、内扉まで歩き、あたりを観察。そのあと、コクピットに向かって手を振る。異常なしの合図だ。

のこりの乗員も艇をはなれた。副長補はエアロックを封鎖すると、

「艦内にだれかいるとは思えないし、艇が盗まれる可能性もほとんどないが、念には念をいれないとね」

フィルダは寛大な笑みを浮かべた……大げさな処置と思ったようだが。大きな内扉の前で、全員がやってくるまで待ち、また先頭に立って通廊に出る。

「直接、司令室に向かおう」と、ラウエントは大股で歩きながら、「時間をできるだけ節約したい」

一分後、司令室に到着。内部は非常灯がともっていた。搭載艇が到着したので、非常回路が作動したのだろう。副長補はコンソールに近づいて、いくつかボタンを押しこむ。やがて、主エネルギー供給系が生き返り、正規の照明がついた。数万年ぶりにスクリーンが明るくなり、機器類が音をたてはじめる。

アットラは艦長シートにすわると、ハイパーカムを作動させて、《ファラオ》のロワ・ダントンに報告した。

「無傷の艦を見つけました。いまはその内部にいます。これから……」

「いいえ！」と、フィルダが悲鳴をあげる。「急いで逃げないと。エネルギー藻がいるわ！」

副長補は振りかえった。

フィルダは探知・通信スタンドにすわり、スクリーンをさししめしている。見ると、いままで見たこともない発光体がうつしだされていた。とはいえ、知識はある。これはパラ不安定エネルギー共同体、あるいは構造的サーモ荷電物質と呼ばれ、一般に〝エネルギー藻〟として知られている存在であった。

「搭載艇にもどるんだ！」と、どなる。「急げ！　この艦から逃げださなければ！」

六人は走りだした。だが、格納庫にたどりつく直前、先頭に立っていたフィルダがいきなり停止。頭上をさししめす。見ると、前方五メートルのところで、光る構造物が天井からわきだしていた。

一行はふたたび司令室にもどり、主ハッチを封鎖する。だが、相手がエネルギー藻では、装甲ハッチも役にたたない。容易に突破されるだろう。

それに、いつ追いつかれるかもわからなかった。パラ不安定エネルギー共同体がどのくらいの速度で移動できるか、資料には記されておらず……

ともあれ、グループはハッチが溶解しはじめる前に、二十メートルほどの距離を稼いでいた。アットラは女たちを急《せ》かしながら、

「ヘルメットを閉じるんだ！」と、どなる。直感的な判断である。

フィルダが驚いて、

「なぜ？」と、どなり返した。それでも、なかば無意識に、それにしたがっている。ほ

かの女たちは、ヘルメットを閉じようとしない。

「男のほうが、すぐ逆上するのよね」と、いいながら、扉の手動メカニズムを操作した。

「なんでもいいから、指示にしたがうんだ！」と、副長補。

だが、遅すぎたようだ。どこかで大型ハッチが開いたのだろう。一瞬にして、空気が爆発的に逃げだし、女たちはその流れに捕まって、自由空間に投げだされた。アットラは女たちをつかもうとしたものの、自身も気流に翻弄されてしまう。

気がつくと、目の前にエネルギー共同体がふたつ、漂っていた。捕まらないよう、ゆっくりと上昇する。

「聞こえているなら、後続してくれ！」と、ヘルメット・テレカムごしに、「搭載艇までたどりついて、離脱を試みる！」

そういうと、戦闘服の飛翔装置を作動させて、自由空間でバランスをとりもどした。背後を見やると、女たちもぶじらしい。あとをついてくる。一行は艦殻にそって飛び、やがて進入したエアロックに到達。副長補はなかに飛びこみ、インパルス発信機でエアロックの封鎖を解除した。

とはいえ、それで安心するわけにはいかない。女たちを急かして、全員を収容すると、大急ぎでスタートする。振りかえると、パラ不安定エネルギー共同体はエアロックにとどまったまま、追ってこない。どうやら、逃げきれたようだ。

「テレハはどうしたの？」と、フィルダが叫ぶ。「置き去りにしたんじゃないでしょうね！」

「わからない！　逃げ遅れたのなら、あとで救いだす！」

ラウエントはそういいながら、ハイパーカムを操作して母船を呼び、状況を報告。

「もよりの三隻で、すでに作業をはじめているぞ」と、ダントンが応じる。

「その三隻も、状況は同じでしょう」と、副長補。

「つまり、パラ不安定エネルギー共同体はどこにでもいる可能性があるのだな」と、ロワは、「注意しなければ」

アットラ・ラウエントは不安をおぼえながら、次の船に接近した。エネルギー藻は不気味な存在だ。おそらく、武器は役にたたないだろう。

＊

ボブ・ベイズはエンジニアに出くわすと、にこやかに笑った。いつものように眼鏡の位置を調節する。

「ここでなにをしているんだ？」と、エンジニアはそっけなく、「探しものが見つかるとは思えないが」

「なぜそう不親切なんだ？《ジェミニ》の想像を絶するメカニズムを、一度でいいから見学したかっただけなのに」

「指導部の許可を得ているのか？」

「ミスタ・ブルは黙認しているな。もちろん」と、ボブ。

「問いあわせてみるから、待ってくれ。証明書がない人間を、通すわけにはいかないんだ」エンジニアは譲歩しない。

遺伝子技術者は大型ジェネレーターに視線をうつした。技術者がふたり、機器をチェックしていたが、やがて姿を消す。周囲にはだれもいない。

「残念だな。友がいなくなってしまった」

そういいながら、かぶりを振り、次の瞬間、エンジニアの顎にこぶしをたたきこんだ。相手がふいをつかれてよろめいたところ、腕をつかんで投げとばす。男は壁に激突して、動かなくなった。ボブは華奢《きゃしゃ》に見えるが、重力一・一七Gの惑星で暮らしてきたから、格闘ではなみのテラナーには負けないのだ。相手のかたわらにひざまずき、後頭部を一撃して、完全に失神させる。

「悪いな、坊や。でも、こうしないとならなかったんだ」

そのあと、ジェネレーターを調べて、爆弾をかくせそうな場所を探す。やがて、フィルターがねじどめしてあるだけなのに気づき、それをはずした。爆弾をとりだして、作動ボタンを押しこみ、なかにほうりこむと、フィルターをもとどおりにする。立ちあがって、油にまみれた手をズボンでぬぐった。

だが、通廊に出たとたん、一将校と衝突しそうになる。反射的に顔をそらしたが、そのせいで眼鏡が飛んでしまった。あわててつかもうとしたが、うまくいかず、眼鏡は床に落ちて、転がっていく。さいわい、ぶつかった将校がそれを拾いあげた。

ボブは愛想笑いを浮かべて、

「返してくれませんか？」

「もちろんだ」

眼鏡をうけとってかけなおし、ぐあいを見たあと、一礼して、

「あなたがいなかったら、どうなっていたか」と、感謝の意をあらわし、その場を急いで立ち去った。

運がよかったようだ。将校はほかの問題を抱えていたらしい。でなかったら、なぜこの区画をうろついていたか、聞かれたはずだから。遺伝子技術者は背後から声がかかる前に、反重力シャフトに跳びこんだ。

まもなく、女たちが待つ将校食堂にもどる。

「どうだった？」と、ヴァイが神経質にたずねた。

「うまくいったよ」と、ボブは誇らしげに、「いいかくし場所が見つかった。いつでも点火できる」

「だったら、時間をむだにする必要はないわね」ヴァイは立ちあがると、インターカムで司令室を呼びだし、

「ブルに話があります」と、応対した将校に告げる。

まもなく、細胞活性装置保持者の顔がプロジェクション・フィールドにあらわれ、

「どうしたんだ、ミセス・ベイズ？」

「おお、ミスタ・ブル」ヴァイは勝ち誇った笑みを浮かべて、「あなたにお知らせしたほうがいいと思いまして。われわれ、デッキ3のジェネレーター・セクターVに、時限爆弾をしかけました」

「時限……なんだって？」ブルはあきれたようだ。

「時限爆弾です、ミスタ・ブル。もうひとつ、お知らせするべきかしら。爆弾はあと百二十秒で爆発します」

「ついに狂ったのか？」と、ブリーが声をはりあげる。「自分がなにを話しているか、理解しているんだろうな？」

「もちろんです、ミスタ・ブル。あなたもご存じだったはず。われわれとしては、オヴァロンの惑星が艦隊で保護されるまで、烽火作戦を承認するわけにはいきません」

「爆弾をどこにかくしたか、すぐにいうんだ。信管をとりはずさなければ」

「それは不可能です。もう時間がありません。デッキ3にただちに警報を出して、乗員

を避難させてください。人命を危険にさらしたくありません」

「人命を危険にさらす？　やっぱり狂ったのだな。《ジェミニ》はすでにリニア空間をはなれて、目標恒星に接近中だ……毎秒二千五百キロメートルで！　いま爆弾が炸裂したら、そのまま恒星につっこんでしまう。いいか、全員が死ぬんだ！　さ、早く爆弾のかくし場所をいえ！」

「警報を！」ヴァイはそれしかいわない。ブリーの言葉はブラッフだと思っている。

細胞活性装置保持者は横を向いて、なにかいった。次の瞬間、警報が鳴りひびき、将校がデッキ3セクターIIからVIIの総員退避を告げる。

ブリーがふたたび、顔を正面に向けた。額から汗が噴きだしている。

「分別を持つんだ。爆弾のありかをいえ。自分で見ればわかる！」その顔が消えて、フィールドに巨大な赤い恒星がうつしだされた。

しかし、ヴァイ・ベイズは感銘をうけない。

「もう遅いわ、ミスタ・ブル。爆弾はもうすぐ爆発します」

そういって、スイッチを切る。ブリーが再度コールサインを送ってきたが、応答しない。

「あれは時限爆弾じゃないぞ」と、ボブがいった。

「わかっているわ、ダーリン。でも、ブリーの鼻面をつかまえておく必要があるでしょう？　アカ、爆弾に点火して！」

「でも、もしブリーの話が本当だとしたら？」と、アカ・オウナイスがためらう。「この船は実際に、恒星に接近しているのかもしれないわ！」

「船はまだ目標に到達していないのよ！」と、ヴァイは自信たっぷりに、「あれはブリーのブラッフだわ。さ、起爆して！」

「そこまでいうのなら」と、アカはアームバンドを操作しながら、「あとはあなたの責任よ！」

＊

次の瞬間、重巡は破裂したかのようであった。食堂にいた全員が投げだされ、照明が消えて、殺人的な過負荷がかかる。反重力装置が停止したのだ。

ボブ・ベイズは気がつくと、テーブルの下にいた。非常灯の下、額から出血しているのがわかる。

「おお、くそ！　あの爆弾、想像以上の破壊力だったらしいぞ！」

テーブルのかげを出て、ヴァイに近づき、天井からの落下物をとりのぞいた。妻は意識を失っている。

周囲のがらくたをとりのぞき、ようすを見た。どうやら、重大な外傷はないようだ。

さらに這いつづけようとしたところで、一瞬だけ空中に浮遊し、またもとにもどった。どうやら、反重力装置が機能を回復して、一Gの環境がもどったらしい。ボブは体勢をととのえると、パルセーターを操作して、もよりのハッチに飛んだ。

そこで、レジナルド・ブルと出くわす。もと国家元帥は憤怒の形相で、ボブにつかみかかると、その顔を何度も平手でたたいた。さらに、それだけでは満足せず、体勢を入れかえて、尻も打擲《ちょうちゃく》する。

「おろか者！　きさまらのせいで、すべてがだいなしだ！」

ボブの襟首を捕まえると、ヴァイのところまでひっぱっていき、そのベルトをつかんで持ちあげた。ふたりをひきずったまま、将校食堂を出て、司令室に向かう。ボブは息をつまらせながら、逃れようとしたものの、ブルは容赦しない。そのうち、ヴァイも意識をとりもどし、弱々しく抵抗しはじめた。

細胞活性装置保持者は司令室に到着すると、ふたりを床に投げだし、全周スクリーンをさししめして、

「見てみろ！」と、どなる。「どういう状況かわかるだろう！」

ヴァイがうめきながら起きあがった。最初はなにがどうなったか、わからないようだったが、やがて全周スクリーンに気づいて目をみはる。

「すると……ブラッフじゃなかったのね」

「あたり前だ！　おまえたちはオヴァロンの惑星を防衛するといいながら、手持ちの最良の艦を破壊してしまったのだぞ！　これを見れば、《ジェミニ》がどうなるか、想像がつくだろう！」

「恒星につっこむ……」

「駆動系は完全に脱落した」ブリーは怒りに声をふるわせ、「おまえたちの爆弾は、すべてを粉々にしたんだ。回避行動がとれない以上、艦を捨てるほかない」

「まさか、こういうことになるとは……」ヴァイは手で顔をおおって、「信じてくださ い、ミスタ・ブル。あなたの言葉は嘘だと思って……それで点火を……」

ブリーは顔面蒼白だった。狂気の犠牲になったと、あらためて理解したのだ。

「では、時限爆弾ではなかったのだな？」

妻はかぶりを振り、

「ええ。遠隔操作で点火しました」

「恒星の近くにいるとは思わなかったんです」と、ボブは口をはさんだ。

「失せろ！」と、赤毛の男がどなる。

ふたりは立ちあがり、こうべをたれて、司令室を出ていこうとした。ブリーは決して許さないとわかっている。

「いや！」背後からするどい声がとんだ。「ふたりとも、ここにのこるんだ！」

「どうしろというのですか？」ヴァイがたずねる。顔に血の気《ちけ》がない。

ブルはそれに答えず、副長に視線をやって、

「搭載艇を総動員するんだ」と、命じる。「艦にのこるのは、わたし、イ・ハカ博士、リザンだけでいい。それに、ベイズ夫妻も！」

「それで、どうしろと……」と、ヴァイがまたつぶやいた。

細胞活性装置保持者はこうべをめぐらせ、

「インメストロン刺激フィールド・パルセーターを作動させる。まだ二日、のこっているからな」

「それはどうでしょうか。サー」と、リザンが反対する。「《ジェミニ》はぴったり二日後に、恒星に突入します。艦から退去することを考えれば、せいぜいあと一日半が限界でしょう」

「それだけあれば充分さ」と、ブリー。

「われわれがのこる必要はないと思いますが」ヴァイは反抗心をとりもどしたようだ。

「ばかもん！」ブルは容赦しない。「のこるのが、おまえたちの義務だ。《ジェミニ》を破壊した以上、本来なら、艦と運命をともにさせるところだ……残念ながら、そこまでは強要できないが。しかし、おまえたちの破壊工作がなにをもたらしたか、最後までその目に焼きつけてもらう！」

副長が機器の調整を終え、総員退避命令を出した。司令室要員も次々と搭載艇に向かい、やがてのこったのはイ・ハカ、ブリー、ヴァイとボブだけになる。

「どうやら、われわれ、くず以下だったようだな」と、ボブは妻にささやいた。

「そうらしいわ。でも、なぜ船にのこされたのかしら？」

「決まっているだろう？　こうなっては、自分たちが臆病者じゃないということを、証明するだけだ」

「ボブ」ヴァイは顔をこわばらせて、「いまのところ、搭載艇で脱出できるのはたしかよ。でも、搭載艇のエンジンは非力だわ」

「ブリーの経験を信じるよ。いつ退去するべきか、わかっているはずだ」

「そうね」妻はため息をついた。「ばかなまねは、もうやめるわ」

6

アットラ・ラウエントは通信を切り、目の前のレムール艦に意識を集中した。高価で巨大な財産と思った二万二千隻が、あっという間に罠と化してしまったのだ。エネルギー藻はどこにひそんでいるか、わからない。

エアロックが開いた。

搭載艇を注意深く進入させる。

「今回は幸運だといいけど」と、フィルダ・ヘイル。

「わたしは確信しているよ」と、《ファラオ》の副長補は答えた。実際はまったく楽観していなかったが。「ひとりは艇にのこったほうがいい。アイルケ、きみにたのむ」

「なぜわたしが？」赤毛の女が怒りをあらわにする。

「わたしがそう命じたからだ！」

副長補はするどい声で応じると、フィルダとほか二名を連れて司令コクピットをあとにした。エアロックを出ると、格納庫には大型の搭載艇が七隻ある。どこにも破壊のあとは認められず、スペース＝ジェットが侵入したのに、非常灯もつかない。

「今回は有望なようね。すくなくとも、搭載艇は使用できそうだわ」

フィルダはそういうと、先に立ってハッチのひとつに急ぎ、ほかの三名がやってくるのを待つと、ハッチを開いた。前回と同様、直接に司令室をめざす……エネルギー共同体がいつあらわれるかわからないので、慎重に。だが、通廊にはいっさい動きがない。

司令室も同じように、静寂につつまれていた。

それにもかかわらず、アットラは不安にかられ、急いで管制プレートに近づくと、手ばやくキイを操作して主要機器を作動させる。すると、艦は生命をとりもどした。照明がすべてともり、光学・探知スクリーンが明るくなる。女たちはそれを見て、艦内各セクションをコントロールするため、制御プレートに走った。しかし、そのあいだ、だれもひと言も発しない……四人とも、だれかがエネルギー共同体を発見して、叫び声をあげるものと予想しているのだ。

だが、叫び声は聞こえない。

結局、半時間が経過したところで、艦内には特殊エネルギー構造体が存在しないと結論する。

フィルダが聞こえるように、わざと大きくため息をついた。

アットラは《ファラオ》を呼んで、

「この艦は異常なしのようです」と、ロワ・ダントンに報告。

「さらに調査をつづけて、安全を確認しだい、接収部隊を呼んでくれ。その艦にエネルギー藻が飛びこまないよう、可及的すみやかに艦隊から遠ざける必要がある」

「急ぎます」

「たのむ。それから、ラ・バインクスを援助してもらいたい。ポジトロニクスで苦労しているそうだ。担当の艦をすべて調べた結果、プログラミングに問題がありそうだとわかったのだな。場合によっては、全プログラミングをチェックする必要がありそうだ」

「了解」と、副長補はいった。「すぐに連絡をとってみます」

「そっちはわたしがやります」フィルダ・ヘイルが口をはさむ。「あなたは自分の任務をつづけてください」

「たのむ」

アットラはそういうと、連絡を終えて、作業にさらに集中。数分でこの艦が完全に安全だと確認した。

そのあいだに、フィルダがラ・バインクスと連絡をとる。

副長補はそれを聞きながら、航法士席に移動し、主エンジンを作動させた。ここまではすべて問題ない。

このあとも順調ならいいのだが。

だが、艦隊からはなれるため、エンジンを微調整していると、奇妙なことが起こった。コンソールのボタンを押しこんでも、すぐまたもとにもどってしまうのだ。副長補は啞然として、機器を見つめた。

こういう経験ははじめてである。

どうやら、すべてチェックしたつもりで、どこかにミスがあったらしい。最初の管制プレートにもどって、もう一度はじめから試験をくりかえす。しかし、やはりミスは見つからない。

そのうち、ラ・バインクスの声が響き、司令室の静寂を破った。

顔をあげて、フィルダのほうを振りかえる。こちらはおちついたようすだ。

「フィルダ……そっちは問題ないか？」と、たずねる。

メイク・テルナの部下は驚いたようすで、眉をひそめ、

「なぜ？　そっちでなにかあったの？」

アットラは不安にかられた。

「エンジンの制御が完了」と、アリク・ラ・バインクスが報告。「問題なくスタートできるわ！」

スクリーンに目をやる。ラ・バインクスの艦はひと目でそれとわかった。

「プログラミングに異常はなかったのか？」と、たずねる。

「二隻のプログラミングを比較して、ミスは修正したわ」と、フィルダ。

「修正？　いったん削除せずに、上書きしたのか？」

「ええ。なぜ？」

アットラは突然、不安の原因に思いいたり、

「アリク、スタートするな！」と、どなった。「エンジンを切るんだ！」

次の瞬間、テレカム・スクリーンにうつるラ・バインクスの顔が蒼白になる。同時に、テレカムが切れ、レムール艦の主スクリーンに真っ白な火球が生じた。副長補はまぶしさに目を閉じ、反射的に顔をそむける。

「なにが起きたの？」フィルダ・ヘイルは恐怖に顔をこわばらせて、「なぜ？　ふたりですべて、チェックしなおしたのに……」

「それでも、充分じゃなかったんだ」と、ラウエントはしずかに、「問題のあるプログラミングは、完全に削除するべきだった。おそらく、発見したもの以外にも、ミスがひそんでいたんだろう」

そういって、唇を噛み、あとは黙りこんだまま、無理やりおのれの作業に没頭しようとした。フィルダも口を開かず、茫然とシートにすわったままだ。

そのまま、一時間が経過。メイク・テルナの部下は立ちあがって、アットラのそばにきた。

「なぜまだスタートしないの?」と、たずねる。

ラウエントは緊張を解くと、シートにからだをあずけて、

「しないんじゃない。できないんだ」と、答えた。「艦がいうことを聞かない。すべて異常なしのはずなのに、エンジンがうまく制御できない。いや、理由は聞かないでくれ。わたしにもわからないんだから」

また身をかがめて、《ファラオ》を呼びだす。ロワ・ダントンはすぐ応答した。

「サー。手詰まりです」と、副長補は報告。「機器には問題がないのに、スタートできないのでして。見えない足枷に拘束されているような感じです」

「そうではないかと思った」と、ダントン。

アットラは驚いて、

「すると、ほかの艦もなのですか?」

「遺憾ながら。四隻が爆発し、ほかはスタートできずにいる。きみはいったん《ファラオ》にもどってくれ、ラウエント。ほかの者は作業をつづけてもらいたい」

「すぐ行きます、サー」副長補は連絡を終え、立ちあがった。自分がひどく疲れているのに気づく。

「この現象、どう説明すればいいのかしら?」と、フィルダがいった。

アットラはハッチに向かいながら、「いつもなら、結果にはかならず原因があるとい

いたいところだ。でも、それがいつも正しいとはかぎらないのかもしれない」

フィルダ・ヘイルはそれに答えず、出ていく男を見送る。生まれてはじめて、男に助けてもらいたいと思いながら。

＊

《ジェミニ》にのこったのは、レジナルド・ブル、副長のリザン、モード・イ・ハカ博士、ベイズ夫妻だけだった。重巡は赤い恒星に墜落しつつある……その重力に捕まって、徐々に速度をあげながら。

ヴァイとボブはイ・ハカ博士が作業をつづける、科学ステーションにはいっていった。

「いつになったら終わるの？」と、ヴァイ・ベイズがたずねる。

イ・ハカはＩｎＡＦ装置を調整する手をとめ、器具を置くと、額にかかった巻き毛を搔きあげた。

「よくそういう質問ができるわね。よりによって、あなたが！」と、怒りをあらわにする。「調整はとっくに終わっていたわ。でも、どこかのおろか者が、艦内で爆弾を炸裂させたせいで、この装置にも甚大な影響があったのよ」

「修理できるんだろうか？」ボブがおどおどと聞く。

「そう望むわ。さ、とっとと出ていきなさい！」

ヴァイとボブはすなおにしたがった。肩を落として、通廊に出る。

「どうすればいいかしら、ボブ？」

「わからない。司令室に行っても、肩身がせまいしな」

「搭載艇のところに行って、警戒にあたるっていうのはどう？」と、妻は提案した。

「警戒？　なぜ？　艦内にはだれもいない。全員が退去したんだぞ」

「そうすれば、すくなくとも〝すること〟ができるわ」

たしかに、そのとおりだ。ただ無為に待つより、搭載艇を点検するほうが、はるかにましである。ボブはうなずいて、ハッチをさししめし、

「じゃ、行こう、ヴァイ」

ふたりはならんで通廊を急ぎ、まもなく格納庫にたどりついた。ハッチをくぐると、搭載艇が一隻だけのこっている。当然ながら、周囲に動きはない。ボブは小型艇のまわりを一周して、異常がないことを確認。

「もう一度、ぜんぶチェックしなおしてみましょうよ」と、ヴァイがいいだす。「もしミスを発見できたら、われわれがカタストロフィを回避したことになるでしょ！」

ボブはかぶりを振って、

「だめだ、ヴァイ！」と、応じる。「そのへんのものに、いっさい手を触れちゃいけない。われわれは搭載艇の専門家じゃないんだから！」

「それはいい判断だ」と、豊かな声が響きわたった。

ボブはあわてて振りかえる。

すぐ近くに、髭面《ひげづら》の大男が立っていた。身長は二・二メートル。体重百五十キログラムはあるだろう。宙航士用の簡易コンビネーションを着用しているが、筋肉が浮きあがって見える。階級章の類《たぐ》いは、故意にむしりとってあった。

「あんたは？」と、ボブが虚勢をはりながら、たずねる。

「フィッ・フッコンだ」と、大男は、「だが、それはどうでもいい」

「ずっと艦内にいたのか？」と、ボブ。「ブルは総員退避を命じたはずだぞ。なぜ《ジェミニ》をはなれなかったんだ？」

フッコンは苦々しく、

「どうやら、忘れられたらしいな」

「忘れた？」ヴァイはかぶりを振って、夫に近づいた。「ナンセンスな話はやめて。ありえないわ！」

「残念ながら、事実でね、お嬢さん」と、大男が答える。「実際に忘れられたんだ。わたしはささやかな服務規定違反をくりかえして、五日間の重営倉を命じられた。そのあいだに、《ジェミニ》はとてつもない事故にまきこまれたらしいな。わたしも、突然ものすごい衝撃で壁にたたきつけられて、気がつくと床に横たわっていたもの。当然ながら、そのままではどうにもならないので、独房をこじあけて、ここまでやってきたというわけだ」

　男は搭載艇に近づいて、エアロック・ハッチを開け、ふたりを手招きした。

「さ、なかにはいろう！」

「なにか計画があるようだけど」と、ヴァイがたずねる。「まさか、スタートしようっていうんじゃないでしょうね？」

「そのとおり」と、フッコン。「狙いどおりだ！」

「ブリーたちをのこして、脱出することはできない」遺伝子技術者は興奮して、「知らないようだが、《ジェミニ》は恒星に突入するんだぞ！」

「だからこそ、すみやかにここを去らなければならないのだ」

「いや！　そうはいかない！」ボブは宣言した。

「おお、友よ。でも、ブルたちに伝える時間はないぞ」大男はそういうと、次の瞬間、ふたりを捕まえ、艇内に投げこんだ。しかし、ボブはあきらめない。すぐにハッチから跳びだし、フッコンに突進。だが、男はそれを予期していたのか、カウンターで顎にこぶしをたたきこむ。

　一方、ヴァイは戦ってもむだと悟って、コクピットのインターカムに急いだ。しかし、ブルを呼びだす前に、フッコンが跳びこんでくる。大男は背後からつかみかかると、

「ばかなまねはよすんだ、お嬢さん」と、すごみを効かせて、「よく考えてみろ。いますぐ《ジェミニ》を去ったほうが、あんたにとっても得だと思うぞ」

ヴァイは一瞬で状況を把握した。ここにのこると主張しても、殺されるだけだろう。この男が目撃者を……つまり、自分と夫を生かしておくはずがない。

「犯罪をおかすだけじゃなくて、裏切り者になる……そういうことね。でも、なぜ？」と、かっとなってたずねる。

フィッ・フッコンはそれには答えず、ボブ・ベイズを艇内にひっぱりこむと、ハッチを閉じた。そのあと、

「いや、そうじゃない」と、また口を開く。「じつのところ、おれは殺人の容疑をかけられた。喧嘩で相手を殺したっていうんだ。でも、それは濡れ衣だ。その事件のことは、知りもしなかったんだから」

「だったら、冷静に考えてちょうだい」と、ヴァイは、「レジナルド・ブルは作業を終えしだい、《ジェミニ》を去るわ……あなたもいっしょに。なのに、なぜかれを殺す必要があるの？　理由がないでしょ？」

「独房から出てこなかったら、そのまま死んでいたんだぞ」と、男は冷淡にいった。

「それだけで、充分な理由になる」

シートを蹴って、

「ここにすわって、しずかにしているんだ。そうすれば、手荒なことはしない」そういうと、自分は操縦席についた。手早くスタート準備をととのえ、エアロックの開閉インパルスを発する。外扉が開くと同時に、小型艇は動きはじめ、数秒で《ジェミニ》をあとにした。背後で外扉が閉まる。

フツコンはそこではじめて赤色恒星を見たようだ。

「これでは本当に墜落するぞ」と、茫然とつぶやいた。

「だから、もどってちょうだい」と、ヴァイ。

だが、男はかぶりを振ると、加速を開始。搭載艇は《ジェミニ》から遠ざかった。

＊

レジナルド・ブルは警報が鳴りひびくと同時に、司令室に向かって走った。ハッチに跳びこんだとたん、航法士席の前で点滅するコントロール・ランプに気づく。

「リザン、搭載艇だぞ！」

《ジェミニ》からはなれる小型艇が、全周スクリーンにはっきりうつっていた。

「ボブ・ベイズはどこでしょう？」と、副長がたずねる。

「くそ！　いないぞ！」と、ブリーは、「当然だ。搭載艇で逃げたんだから。あいつ、なにを考えているんだ？」

どなりながら、探知・通信スタンドに走り、スクリーンが明るくなるまで、呼びだしボタンを何度もたたいた。やがて、そこに髭面の男がうつしだされる。

「だれだ、この男？」

「フィッ・フツコンです！」と、リザンが答えた。

「そのとおり」と、髭面の男がつづける。「あんたたちの幸福な死を祈ってるよ」

「すぐにもどるんだ！」と、副長が命令。

だが、フツコンは陰険な笑みを浮かべて、かぶりを振り、

「それはありえないね、リザン。あんたはおれを独房に閉じこめて、蒸し焼きにしようとした。だが、こんどはこっちが焼き串をまわす番だ。そこで炙《あぶ》り焼きになるんだな。もう《ジェミニ》から脱出する手段はない」

それだけいうと、スイッチを切った。ブリーがうなる。スクリーンが暗くなる直前、男の背後にヴァイ・ベイズの顔があらわれたのを、見逃さなかったのだ。

「何者だ？」と、リザンを振りかえり、「あの男、なにをやらかした？」

副長はシートにもどって、

「フィッ・フツコンは病気でして。精神病の一種で、自分が殺人容疑をかけられたと、信じているのです。もちろん、それは妄想にすぎないのですが。ともあれ、日常生活にも支障をきたすため、キャビンに収容していたのを、投獄されたと思いこんだのでしょ

う。どうやら、現実と妄想の区別がつかなくなっているようです」

「退避するさい、連れていかなかったのか。医師の怠慢だな」と、ブリーは、「あの男の責任ではない」

顔面蒼白でそういうと、ふたたび通信システムを操作。数分後、《ジェミニ》の副長補がスクリーンにあらわれた。

「ドッマン。不測の事態が起こった」

細胞活性装置保持者は一件を簡潔に報告したあと、

「こちらにもどれるか？」と、たずねる。

将校はかぶりを振り、

「着艦は不可能です、サー。恒星の重力フィールドの影響が強すぎます」

予想したとおりの答えだ。

「それに、《ジェミニ》の速度も増しています、サー。いちばん高速の搭載艇でも、追いついてコースをシンクロするのに、三時間はかかるでしょう。しかし、その段階では重力フィールドに対抗できません、サー。そちらは遅くとも二時間後に、艦を去る必要が……」

副長補はそこで言葉を濁した。それではチャンスがないと、話しているあいだに悟ったのだ。《ジェミニ》をはなれる手段はないのだから。

「フッコンを担当した医師を探してくれ。釈明を聞きたい」と、ブルは怒りをかくさずに命じた。

「サー、医師を非難はできないと思います。たまたま知っているのですが、当該医師は例の爆発のさい重傷を負い、現在も意識不明です。ほかの医師はフッコンのことを知らなかったはずですし……」

「もういい。わかった」ブリーはため息をつき、「こちらでフッコンを説得してみる」スイッチを切って、リザンと顔を見あわせる。ふたりとも、チャンスはほとんどないとわかっていた。精神を病んだ人間に、理性的行動をもとめようというのだ。

「ことによると、ヴァイ・ベイズと連絡がとれるかもしれません」と、しばらくして、リザンがいった。

ブリーは首を左右に振って、

「それでも、どうにもならないな。ヴァイは搭載艇の操縦に必要な知識がない。ボブにしても、同様だろう」

そこでひと呼吸おく。

「とにかく、あきらめないことだ、リザン。それより、イ・ハカ博士のところに行こう。まず烽火計画を成功させなければ」

無意識に手を胸にやった。そこに細胞活性装置がある。この機器のおかげで、これまで長いあいだ、不死者として生きてきたのだ。しかし、活性装置も外的要因まではフォローしない。その意味では、ブルも〝死すべき〟人間と同じなのである。

とはいえ、なにごとにも、いつか〝終わり〟はくるものだ。

奇妙だ……と、考える。最初のショックがすぎさっても、まだ恐怖をおぼえるとは。

ふたりはイ・ハカ博士の研究セクションにおもむいた。ここは静謐に満ちていて、間近に迫った死のことも忘れるほどだ。

「お待ちしていました。はじめましょう」と、イ・ハカは冷静にブリーを見て、「準備はととのっています」

「よろしい。かかってくれ、モード」と、細胞活性装置保持者はつとめて快活にいった。

「時間が惜しいからな」

ハイパー物理学者はうなずくと、インメストロン刺激フィールド・パルセーターの制御コンソールに近づいた。リザンがなにかいいかけたが、すでに集中しているので、まったく気づかない。やがて、InAF装置が作動する。

複雑なメカニズムはインメストロンを生成・加速し、超光速で放射した。ハイパー次元粒子が赤い恒星に到達して、環状セクターを形成。そこから恒星を〝加熱〟しはじめる。

イ・ハカはブリーを振りかえり、

「のこされた時間はどのくらいですか？　まもなく、搭載艇で《ジェミニ》をはなれることになると思いますが」

「その点は心配いらない」と、不死者はほほえみ、「時間は問題ではないから」

イ・ハカはそれで納得したようだ。ふたたびＩｎＡＦ装置の操作に没頭した。

7

アットラ・ラウエントが司令室にはいると、すでにおもな将校が集まっていた。ロワ・ダントンは手を振って、すわる場所をしめし、

「なんとかして解決策を見つけないかぎり」と、話をつづける。「この艦隊をエネルギー藻にゆだねるほかなくなるわけだ。われわれとしては、手をひくしかない」

船長のリク・ラディクは、テーブル上のフォリオをまとめて、

「これまでの報告について、評価が出ています、サー」と、いった。「いずれの艦も、エンジンが正常に機能せず、せまい空間内しか移動できません。ポジトロニクスも同様に、艦隊の球状隊形の内部でしか機能しません」

「なにか関連性があるはずだな」と、ダントンが応じる。

「まちがいありません、サー」と、大佐は、「実際、こちらのポジトロニクスは、どのレムール艦がどういう行動をとったかという、正確な情報をもとめております。また、任務コマンドはそれにもとづき、次の段階の実験を進めています。ポジトロニクスによ

ると、これがうまくいけば、各艦が球状隊形からはなれられるはずです」

「その事実から、推測できることは？」

「かんたんです。各艦艇は〝中枢〟からの命令をうけているのでしょう……おそらく、球状隊形の実際の〝中枢〟からの」リクはわずかに手をあげて、「その〝共通命令〟を遮断すれば、こちらのいうことを聞くようになるはずです」

「だが、まさしくその部分がわからないんだ」と、ダントンは皮肉をこめて、「推測するだけでね」

「理屈をこねたくはありませんが、サー」と、船長は、「いずれにしても、状況は把握できないのです」

ロワ・ダントンはそれに答えず、司令室のクロノメーターに目をやった。カレンダーは三五八一年十二月二十三日をさししめしている。

「《ジェミニ》からの連絡は？」と、たずねた。

ふたたび、リク・ラディクが答える。

「探知ステーションは赤色恒星の変化を計測しています。五次元ベースのインパルスも確認しました」

大佐が主ポジトロニクスを操作しているのは、パイロット・ランプのきらめきでわかった。いくつかボタンを押しこむと、フォリオの表示にしたがって操作をつづけ、

「実験の結果は明らかです、サー。艦船は球状隊形の外に出られません！」

「なぜこのフォーメーションから出られないんだろう？」と、アットラがつぶやく。

「どの艦にも、パラ不安定エネルギー共同体がはびこっているからだろうな、アットラ」と、船長は、「ほかの理由は思いつかない」

「このままでは、百隻の回収はとても無理です」と、ラウエント。

「そのとおりだ」と、ダントンは口をはさんだ。「この状況だと、三十隻も確保できれば上出来と思わなければ」

リク・ラディクはまたポジトロニクスのコンソールに向かい、任務コマンドの調査結果を出力する。

「とても信じられないな……」と、ロワはそれを一読して、フォリオを置き、「これまでの探知結果を総合すると、この球状隊形の中心部には司令ユニットがあるようだ。しかも、それが強力なプシオン性エネルギーを放射して、ほかの艦船を支配しているという」

「こうなると、われわれにはほとんどチャンスがありません」と、船長はいった。

＊

ヴァイ・ベイズは夫の腕をつかみ、顎で前方をしめした。

フィッ・フッコンは操縦席にぐったりとすわっている。口を開けたまま、目はうつろで、生きているようには見えない。

《ジェミニ》はまだ近くにいた。距離は四千キロメートルほど。フッコンはそこで操縦を放棄したのである。

「ふたりでなんとかしないと。このままだと、この船も恒星に墜落するわよ」

ヴァイはそうささやくと、ひとさし指で自分の額をつついた。

ボブがうなずいて、痛む顎をさする。まだいくらか朦朧《もうろう》としているが、それでもフッコンのようすがおかしいのはわかった。

操縦コンソールの上には、大型インパルス銃が置いてある。搭載艇の武器キャビネットからとってきて、安全装置をはずしたまま、そこに投げだしたのだ。その操縦コンソールをくわしく見たが、表示の意味はあまりわからない。フッコンを排除したとしても、操縦はできないだろう。その点は妻も同じはずだ。

それでも、なにかしなければならない。それだけは明らかである。

「きみは銃をたのむ、ヴァイ」と、ささやいた。「わたしが男をなんとかするから」

「わかったわ、ボブ。銃はまかせて」

大男が動きだす。目に悪意に満ちた光が宿り、右手をインパルス銃に伸ばした。いまの弛緩《しかん》がなんだったのか、ボブにはわからない……なぜいきなり動きだしたのかも。

眼鏡の位置を調節すると、あらためて相手を観察。しかし、とくに病気らしいようすは見られない。

「いまだ」と、小声でいって、妻の脚を平手でたたき、自分はシートから跳びだすと、両手をひろげてフィッにからだごとぶつかっていった。

大男が怒声をあげて、インパルス銃をつかみ、振りかえる。

だが、ボブのほうがはるかに敏捷だ。左手で銃をわきに押しやりながら、右こぶしを相手の顎に力いっぱいたたきこんだ。さらに、大男をシートから持ちあげ、操縦コンソールに投げつける。

ヴァイも男に跳びかかり、インパルス銃を奪おうとした。しかし、フッコンは病気とは思えない力強さで抵抗し、かえって銃を発射しようとする。ヴァイは一瞬、恐怖をおぼえたものの、持ち前の冷静な判断力を発揮し、おちついて安全装置のレバーを倒した。これで銃は撃てない。

フッコンは左腕を曲げて、ヴァイを押さえこんだ。このまま締めつけて、失神させるつもりだ。実際、あと一分間もこのままの体勢だったら、意識を失ってしまうだろう。

しかし、ボブはそのあいだも、攻撃の手をゆるめない。フッコンは右手だけでそれをいなした。遺伝子技術者がパンチをくりだしても、器用にブロックする……それも、ヴァイを締めつけたまま。

それでも、ヴァイは自力で脱出に成功した。からだを下にすべらせたのだ。とはいえ、まだ完全には解放されないが。男の腕は頭から肩にかけてまきつき、ちょうど顎の下にインパルス銃があった。ヴァイは顔をわきに向けると、フッコンの手首を力いっぱいひねりあげる。

大男が苦痛の声をあげ、とうとう銃を手ばなした。同時に、締めつける力もゆるむ。

ヴァイは床に落ちた銃に跳びついた。

一方、フィッはボブを両手でつかむと、思いきり投げとばす。瘦せた男はコクピットの壁にたたきつけられた。ヴァイは危険を察して床を転がり、シートの背後にまわると、立ちあがって銃をかまえる。

だが、男はそれに注意をはらわない。

ボブ・ベイズに狙いを定め、猛獣のように襲いかかり、つかまえた。

なにをするつもりか、考えるまでもない。男は夫の背骨を粉砕してしまうだろう。ボブには、もう抵抗する力がのこっていないから。銃を向けているヴァイを見て、ボブがうめくように声をだした。

「撃つな。わたしまで死んでしまう」

「ボブを放して！」ヴァイは叫んだ。

フッコンは狂暴な笑い声をあげると、ボブの胴をさらに締めあげる。ヴァイはいまにも夫の背骨が折れる音が聞こえるかと思った。ヴァイは男の背中を狙い、引き金にかけた指に力をこめた。

フィッ・フッコンはすさまじい絶叫をあげると、腕をだらりと垂らし、膝から床にくずおれる。

夫が膝をつくのを見て、銃を捨てて駆けより、

「ボブ! もうだいじょうぶよ!」

遺伝子技術者は妻の手を借りて立ちあがった。しばらく、黙って頭をこすっていたが、やがてフッコンに目をやり、

「死んだな」

「ほかに方法がなかったのよ」と、ヴァイは震える声で、「それより、これからどうするか、考えないと」

*

「それで?」と、リク・ラディク大佐はいった。「どうするというのかな?」

「オヴァロンの惑星への帰還を提案します」と、暗色の髪の女が応じる。「なんとか五隻は確保しました。これで満足しなければ」

「わたしには、べつの提案があります」と、アットラ・ラウエント。

「話してくれ」と、ロワ・ダントンがうながした。

「たしかに、相手が超心理的特性を持つ存在だとすると、作戦が成功する確率は低いでしょう。しかし、ゼロではありません」と、副長補は、「したがって、まだ断念する必要はないと思います」その未知存在と戦わなければ」

「たしかに」と、ダントン。「もしかすると、球状隊形の中心となる艦船を、手持ちの武器で破壊できるかもしれない」

「そのとおりです！」

「いや、アットラ。われわれ、敵が何者か、あるいは何物か、まったく知らないのだからな。相手は非常に発達した知性体かもしれないし、一艦内にたてこもったマシンかもしれない。あらゆる状況に対応して、敵を攻撃・撃破するのは、至難の技だぞ」

「わたしもそれは考えましたし、そういう戦いはしたくありません、サー」

「では、どういう方法を考えているんだ？」

「サー、プシオン性エネルギーはHÜバリアを通過できないと、知られています。たとえば、テレポーターはHÜバリアをはった二隻のあいだをジャンプできません」

「そのとおりだな」と、細胞活性装置保持者がうなずく。

「これを応用すれば、艦隊をプシオン性司令ユニットから遮断できるはずです……具体的には、中枢となる艦船に侵入して、HÜバリアを作動させ、それでつつんでしまえばいいのですから」

ダントンは苦笑して、

「なるほど。論理的だ。しかし、そのとおりになるかどうか」

「困難がともなうのはたしかでしょう、サー。それでも、いちばん大型の搭載艇に高性能プロジェクターを積んで、〝中枢艦〟に接近させることを提案します。乗員はプロジェクターに時限回路を設定して、《ファラオ》にもどればいいわけですから」

「すべてが机上の空論のように聞こえるぞ、アットラ。そもそも、未知存在がコマンドを艦内に入れると思うのか？」

「ためしてみる価値はあると思います、サー。すでに、必要な搭載艇の準備はととのえておきました！」

リク・ラディクは主ポジトロニクスの操作コンソールにかがみこんで、

「いまのところ、この提案より現実的な作戦はないようです」と、いった。「成功確率を計算したところ、ゼロではないようですし」

「いいだろう」と、ロワはうなずき、「計画を承認する。いちばん大型のプロジェクターを持っていくんだ。搭載艇は充分な搭載能力があるだろうな？　任務コマンドが《ファラオ》に確実に帰還できるよう、手配してくれ。アットラ、すべて確認するんだぞ」

「うまくいくと、確信しております、サー」と、ラウエント。

「期待しているからな」と、ダントンはいった。

＊

ボブ・ベイズはテレカムの非常呼び出しボタンを押しつづけた。ヴァイ・ベイズはその隣りにすわり、スクリーンを注視している。

「ブリーが応答しない！」と、ボブが絶望していった。

「きっと、司令室にいないのよ」と、妻が応じる。

「どうすればいいんだろう？」

「わからないわ、ボブ。でも、待ってみましょう」

「いまいましい！　なにもできないとは。すべて、あの男の責任だ！」

「いえ、そうじゃないわ。もとはといえば、すべてわれわれに責任があるのよ」

夫は妻を見つめて、

「そのとおりだな、ハニー。でも、そう認めたくないんだ。ほかの者に責任を転嫁すれば、それだけ気が楽になる」

そういうと、こぶしで操縦コンソールをなぐりつけた。次の瞬間、搭載艇に振動がはしる。

「ボブ、なにをしたの？」

「わたしは……ミサイルを発射した。《ジェミニ》方向に飛んでいくはずだ」

「まさか。なんということを……」ヴァイは絶句し、両手で顔をおおう。

ボブは血の気の失せた顔をスクリーンに向けた。ミサイルが爆発したのだ。

「損害はなかったはずだ」と、夫は緊張を解いて、「《ジェミニ》は防御バリアを展開していたからな」

「よかった」妻は安堵のため息をついた。

テレカムのスクリーンが明るくなり、プロジェクション・フィールドにブリーの顔があらわれる。細胞活性装置保持者は赤鬼のような形相で、悪態をまくしたてたが、やがて息をのんで、

「ボブ・ベイズか！」と、目をまるくした。「信じられない！」

「信用してください、サー」と、ボブはしどろもどろになりながら、「その……《ジェミニ》を破壊するつもりではなくて……ですから、サー、わたしは……」

「わかった！」と、ブリーがどなる。「フィッ・フッコンはどこだ？」

「妻が射殺しました」

「きみは理性をとりもどしたのか？　これまで、なぜ報告してこなかった？」

「半時間前から、連絡しようとしていたのですが、サー。応答がなかったもので。操縦コンソールをいじっているうち、偶然にミサイルを発射しまして、そのあと……」

「ボブ」ブルはそれをさえぎって、「とにかく、ただちに《ジェミニ》にもどるんだ。その髪をむしりとらないと誓うから」

遺伝子技術者は頭をなでて、

「そうはいかないのでして」

「ボブ」ブリーは低い声で、「理性をとりもどしたんだろう？　とにかく、《ジェミニ》にもどれ。すべてはそれからだ」

「そうしたいのですが、サー。ですが、宇宙船の操縦ができないのです」

「きみはどうだ、ミセス・ベイズ？　操縦を知っているか？」

「まったく知識がありません」

ブルは目を閉じ、大きく深呼吸した。

「操縦はきみが考えるほど、むずかしくない、ボブ」

「こちらにきてはいただけないでしょうか、ブリー？」と、遺伝子技術者。「《ジェミニ》には、飛行に耐えられる宇宙服があるはずですが」

「距離が大きすぎる。無理だ、ボブ。つまり、きみが艇を《ジェミニ》の近くまで持ってくるほかないわけだ。こちらが指示するから、集中して、そのとおりに操作してくれ。宇宙服で移動できる距離まで接近したら、すぐそちらに向かう」

「わかりました。やってみます、サー。この恒星から逃れるには、ほかに方法がなさそうですから」

「すこし待ってくれ。副長のリザンを呼ぶから。わたしの指示にミスがないかどうか、チェックしなければならない」

三分後、ふたたびブリーの顔がプロジェクション・フィールドにあらわれる。副長もいっしょだ。

「《ジェミニ》にもどれたとして、われわれ、そのあとどうなりますか？」と、ボブはきまり悪そうにたずねた。

「その話はあとだ」と、細胞活性装置保持者はにやりとして、「ふたりとも、フッコンに連れ去られたものと思っているがね」

「そのとおりです、サー」と、ヴァイが口をはさむ。

ブルは指示を出しはじめた。もっとも重要な機器から説明していく。

「そのタイプのエンジンは、特徴として負荷ゼロで動作する。負荷がかかるのは、高機動で加速する場合だけだ……」

ボブは最初の操作を実行した。これで、一時的にオートパイロットが解除される。そのあと、ブルが主ポジトロニクスに計算させた、《ジェミニ》と小型艇のポジション・データを入力。ふたたびオートパイロットを作動させて、両者の恒星落下軌道をシンクロさせ、同時に小型艇が恒星表面と並行して飛ぶよう、調整した。

操作をはじめてまもなく、冷や汗があふれはじめる。実際には、オートパイロットが複雑な操作をすべて担当しているのだが。それでも、無数の計器類をたえずチェックしつづけるだけで、想像以上の集中力が必要だったのだ。

ブルはたえず機器の数値をたずね、それにもとづき修正を指示してくる。ボブはそれをまちがいなく実行するために、スクリーンに目をやる余裕もない。

一方、ヴァイはスクリーンを観察しつづけ、しだいに大きくなってくる《ジェミニ》の姿に魅了されていた。

「もうすぐよ」と、夫の腕に手を乗せて、はげます。

だが、ボブはそれに驚き、反射的にレバーを押しこんだ。次の瞬間、ブリーがどなる。

「なにをしたんだ？」

搭載艇は加速すると、《ジェミニ》のわきを通過しようとしていた。

ボブはあわててレバーをもどし、一件をブルに報告。細胞活性装置保持者の額に、汗が噴きだすのが見える。

「急な操作は厳禁だぞ、ボブ。注意して、艇を旋回させるんだ」

「なぜですか？」

「質問は無用。いわれたとおりにするんだ。もう時間がない。リザンはもうエアロックに向かった。これから、そちらへの移乗を試みる」

ボブは反抗せずにしたがった。ヴァイも背後にさがる。夫の臆病さに怒っていたものの、いまは集中をさまたげるような行動はつつしむべきだから。

こんどはうまくいった。小型艇を旋回させ、《ジェミニ》とコースをシンクロさせたのだ。つづいて、慎重に接近を開始する。

運も味方したのだろう。ランデヴーは成功し、二隻は距離千メートルで相対的に静止した。

「席を立って、うしろにさがるんだ、ボブ。もうなにも触らないように」と、ブルが命じる。「リザンはたったいま、エアロックを出た。スクリーンを見ていれば、まもなく確認できるだろう」

「たしかに、なにか見えますが……」

「ぜったい機器に触るなよ！」と、ブリーが念を押した。

ボブ・ベイズはいわれたとおり、壁ぎわまで後退し、

「手はズボンのポケットにつっこんでおきます！」と、応じる。

「そいつはいいアイデアだ」不死者は相いかわらず、汗びっしょりだ。

ベイズ夫妻はスクリーンを見つめた。宇宙服がはっきり確認できる。《ジェミニ》副長は一分たらずで小型艇に到着。

「ヴァイ、エアロックに行って、手動で開閉メカニズムを操作するんだ」と、ブルが命

じる。「操縦コンソールには、くれぐれも近づくなよ」

ヴァイはゆっくり歩きだした。足どりが重い。ここ数時間の緊張で、疲労困憊《こんぱい》していたのである。それでも、単純な作業をあたえられて、かえって気が楽になったようだ。エアロックの開閉操作に、意識を集中する。まもなく、内扉の上にグリーンのランプがともった。

「シートにもどってくれ、ヴァイ」と、ブル。「あとはリザンがやる」

オヴァロンの惑星の大臣は命令どおりにする。

内扉が開いて、《ジェミニ》副長がはいってきた。すでにヘルメットははねあげ、夫妻に声をかける前に、かたわらに倒れたフィッ・フッコンのようすを見て、

「死んでいます、ミスタ・ブル」と、簡潔に報告。

細胞活性装置保持者は安堵のため息をつくと、「よろしい、操縦をひきついでくれ、リザン。そのろくでもない連中を《ジェミニ》に連れてくるんだ。ボブ・ベイズ、きみはシートにすわれ。艇が最後の瞬間に、防御バリアにつっこんだりしたら、目もあてられないからな」

「操縦コンソールには近づきません」ボブはすなおに約束する。

「たしかに、完全に理性をとりもどしたようだな」と、ブリーはいった。

8

アットラ・ラウエントはひとりだった。

レムール搭載艇の操縦コンソールを前にしている。搭載艇は卵型で、全長四十メートル、最大部の直径が三十メートル。尾部には不格好な噴射ノズルがついているほか、外被に大型HÜバリア・プロジェクターを連結してあった。

わきのクロノメーターに目をやる。三五八一年十二月二十三日……表示は地球標準時に調整されていた。

前方の宇宙船がしだいに大きくなる。あれが目標だ。

いままで意識しなかったが、レムール艇を使って正解だったようだ。もし、これがテラの艦艇だったら、未知の観察者は接近を許さなかったにちがいない。

《ファラオ》の副長補は、レムールの球型艦を間近で観察した。未知存在はとっくにこちらに気づいているはずだ。エネルギー兵器のプロジェクターが、いつこちらを向いてもおかしくない。

しかし、そういう事態は起こらなかった。

目標の船には、だれも乗っていないし、何者かがいた気配もない……とはいえ、観察されているという感覚は、依然としてつづいているが。

ラウエントはその感覚を無視するようにつとめた。

両手でキイボードをたたき、表示された数値を読みとる……感覚的な反応はいっさい排除して。さいわい、異常な数値は認められなかった。エンジン温度が上昇したものの、警報を発する段階に達する前に介入。数分でふたたび基準値にもどる。

数分後、アットラはエンジンを停止した。搭載艇が球状隊形の中心に位置する艦に接近するにつれて、呼吸が荒くなる。

だが、酸素の供給量を増やすと、苦痛は感じなくなった。

目の前のスクリーンに、緊急シグナルが明滅する。ラウエントが回線を切り替えると、スクリーンに《ファラオ》船長の顔がうつしだされた。

「アットラ、ぶじか?」と、リク・ラディクは、「どうした? この十五分間、連絡がなかったが。なぜ報告しないんだ?」

「どういうことです?」と、ラウエント。「緊急シグナルを受信してから、数秒しか経過していませんが」

ラディクは額にしわをよせて、

「どうもおかしい、アットラ。なにが起きたか、もう一度チェックするんだ。この数分のあいだに起こった出来ごとを」

アットラは目をぬぐった。汗が目にはいって痛い。

「状況は把握していると思いますが、リク」と、答える。「こちらが目標からどのくらいはなれているか、そちらで計測できますか？」

船長はスクリーンをチェックし、計測機器の表示をひととおり眺めてから、「アットラ。もう一度、エンジンを噴射させる必要があるな」と、いった。「でないと、目標を通過してしまう」

「それは……ええ……その……いい考えで……」ラウエントはかろうじて答える。突然、はげしい倦怠感に襲われて……

気がつくと、リク・ラディクがアットラの名を連呼していた。

「目をさませ！ 目標に到達したのが、わからないのか？」

「わたしが？」

副長補は茫然として、数値をチェック。たしかに、もう目標との距離はわずかだ。

「アットラ、目をさますんだ！」と、大佐がくりかえす。

ラウエントは手の甲で口をぬぐい、シートからひっくりかえって、床に転がった。

突然、ひどく気分がよくなる。疲労がなくなり、空でも飛べそうな感じだ。だが、機器の表示を見て、ぎょっとした。

船長の声が響く。

「だいじょうぶです、リク。聞こえていますから。こちらは異常ありません」

そういいながら、すばやく立ちあがってコンソールに跳びつき、最大価で減速を開始。

大型艦の外被が壁のように見えた。

しかし、次の瞬間、また未知存在につかまる。

脚の力が萎えたように感じたので、それとわかったのだ。見えない力に抵抗し、なんとか逃れようと試みた。

搭載艇は減速をつづけている。

「いいぞ、アットラ」と、リク・ラディクが大声で命令。「プロジェクターを投入するんだ！」

副長補はほとんど無意識に、ボタンを押しこんだ。頭上を大きな影が通過していくのが、コクピットごしに見える。

「反転しろ！」

こんどもまた、自動的に命令を実行した。搭載艇は数秒間、そのまま動かないかのように見えたが、やがて反転して加速にかかる。しかし、次の瞬間、また未知の力が強まった。

シートにもどって、からだを沈め、両手で胸を押さえつける。口を開けたが、悲鳴もあげられない。未知存在は心臓を潰そうとしているらしい。すくなくとも、そうやって仮借なく殺害すると脅している。

「アットラ、これからプロジェクターを作動させる」と、ラディクが知らせた。

意識が遠のくなか、ぼんやりとスクリーンに目をやる。次の瞬間、レムール艦が絹のようなグリーンのヴェールにつつまれた。同時に、心臓にかかっていた圧力が、嘘のように消える。

だが、ひどく気分が悪い。立ちあがって、キャビネットに近づき、飲料水をとりだした。冷たい水をゆっくり少量ずつ飲むと、いくらかおちついたので、ふたたびスクリーンに目をやる。

レムール艦の外被に付着したバリア・プロジェクターが、グリーンのHÜバリアごしにはっきり見えた。

ほっとして、シートにもどり、機器をチェックしていくつか修正をくわえる。やがて、スクリーンで《ファラオ》を確認。

「よくやった、アットラ」と、船長が、「正直なところ、冷や汗をかいたがね」

ロワ・ダントンがスクリーンにあらわれ、

「おめでとう、アットラ」と、つづける。「じつのところ、失敗するのではないかと思っていたよ」

「わたしもです、サー。ひとつ、質問してよろしいでしょうか？」

「もちろん」

「赤色恒星はどうなったでしょうか？　《ジェミニ》とミスタ・ブルが成功したかどうか、もう判明していると思いますが」

＊

搭載艇は《ジェミニ》の格納庫に着艦した。

「さ、出よう」と、リザンがうながす。

「ヴァイとわたしは、のこって見張っていたほうがいいのでは？」と、ボブ・ベイズが、「もしかすると、まだだれかが《ジェミニ》内を徘徊しているかもしれません」

「その心配はない」と、副長は、「すべて異常なしだった」

エアロックを開くと、熱い空気が吹きこんでくる。リザンは死体の腕をつかむと、外にひきずりだした。

「ずいぶん暑いようですけど」と、ヴァイがたずねる。「なにか理由があるのですか、ミスタ・リザン？」

「恒星に近すぎるからでは？」と、ボブがつけくわえた。

「それはナンセンスだが」と、将校は、「忘れているようだな。あんたたちのささやかな冗談のせいで、《ジェミニ》は難破したも同然でね。空調もほとんど機能していないんだ」

ベイズ夫妻も将校について、外に出る。ボブは死体を安置場所に運ぶのを手伝った。たちまち汗が噴きだしてくる。

「こっちだ。ブルたちのところに行こう」

三人は反重力シャフトでモード・イ・ハカ博士の研究室に向かった。ブリーはかれらを見ると、安堵のため息をついたが、なにも質問はしない。

「それで……」ボブがおずおずとたずねる。「……もう終わったのですか、博士？　つまり、この恒星はメールストロームにメッセージを送りはじめているので？」

ハイパー物理学者はかぶりを振って、

「それほど早く結果が出るわけではありません」と、答えた。「たしかに、最初の五次元エネルギー・インパルスはキャッチしましたが、所期の強度に到達するのには、まだ時間がかかります」

「恒星が〝順応〟するまで、すくなくともあと二十時間はかかる」と、ブリーがつけくわえる。「もっと早まればいいんだが」

「すると、計画が成功したかどうかは、あすにはわかるのですね？」と、ヴァイ。「べつのいい方をすると、失敗したかどうか」

「インメストロン刺激フィールド・パルセーターは完璧に動作したわ」と、イ・ハカは、「あなたの狂気の攻撃にも、まったく損害をうけなかったのです……それ自体は奇蹟といっていいでしょうが」

ボブは袖で額の汗をぬぐうと、

「それにしても、暑いですね」

ブリーはにらんだだけで、なにもいわない。それでも、遺伝子技術者は叱責をうけたような気がした。

イ・ハカ博士が頬をこわばらせて、

「暑い？　ええ、そのとおりね」と、ブルに向きなおり、「それで思いだしました。ミスタ・ブル、われわれ、恒星に接近しすぎているはずですが。いかが？」

「たしかに、状況はだんだんきびしくなるな」と、細胞活性装置保持者が認める。

「なのに、ここでただ待っているのですか？」ハイパー物理学者は声をはりあげ、「なぜいままで黙っていたのです？　早く脱出しましょう。ここで死にたくはありません！」

いきなり踵を返して、駆けだそうとした。ブリーがその腕をつかんでひきとめたが、足を蹴りあげて抵抗する。

「わたしが焼け死ぬつもりだと、本気で信じているのか、イ・ハカ博士？」と、不死者はおだやかな声で、「まだ時間は充分にある。きみの作業が完了するまで、あとどのくらいかかる？」

「すべてが順調なら、ＩｎＡＦ装置を作動させるのは、あと十時間でいいはずです」

「それは無理だ。遅くとも、一時間後には脱出しなければ」

「ミスタ・リザン」イ・ハカはするどい声で、「その時間は正確なのですか？」

「ミスタ・ブルがいったとおりです」と、副長。

「この装置はたえず監視が必要なのですか？」と、ボブ・ベイズがたずねる。「自動的に動作するのなら、われわれは退去できると思いますが」

「たしかに、ミスタ・ベイズ、以前は自動操作が可能でした……あなたのおろかな破壊工作がなかったら！」イ・ハカは怒り狂って、「でも、いまはここからはなれられません。たえず微調整が必要なのです！」

遺伝子技術者は黙りこんだ。こういう答えは予期していなかったのだ。

「ＩｎＡＦ装置が安定するよう、ぎりぎりまで調整をつづけてくれ」と、ブリーが命じる。「きみにしかできない作業だ。たのむぞ」

ハイパー物理学者はいらだちをかくさず、

「かんたんにいうのですね。では、同じ言葉をお返しします」と、いった。「艦を安定させてください。それはあなたにしかできない作業です！」

「たしかに、きみのいうとおりだな、モード」細胞活性装置保持者はそういうと、部屋を出ていく。のこされたイ・ハカは、おちつきをとりもどしたようだ。恐怖を忘れて、作業に没頭しはじめた。

＊

レジナルド・ブルは数分後にもどってきた。宇宙服を着用している。

「やはり、あまり猶予はないな。半時間後には脱出しなければ。それ以上は待てない。さ、行こう」

ハイパー物理学者は床に膝をついて、機器の調整をつづけていたが、立ちあがると、「こちらも似たようなものです。うまくいけば、数時間は正常に動作するかもしれませんが、十分後に停止してもおかしくはありません」

「わかった。感謝するぞ、博士。きみがいなかったら、この作戦は成功しなかっただろう」

ブリーはそういうと、ヘルメットを閉じた。高温に耐えられなくなったのだ。同時に、リザンに手で合図する。副長は理解したようである。つまり、時間がないということ。

一行は部屋を出て、反重力シャフトに向かった。だが、プロジェクターはすでに機能していない。それでも、無重力状態で危険はないため、なかに跳びこむ。イ・ハカは躊《ちゅう》躇《ちょ》したが、リザンがその腕をとって、あとにつづいた。

「たいしたことじゃありません」と、ハイパー物理学者をはげます。「もっと早くこうなっていても、おかしくはなかったのですから」

実際、全員が宇宙服か防護服を着用しているので、艦内の重力コントロールはあまり問題にならない。かえって、無重力状態のほうが自由に動ける。

数分後、五人は格納庫に到着。ブリーは着地した瞬間、違和感をおぼえて、足もとを見た。どうやら、床の合成物質が、熱のせいで溶けかかっているらしい。

急いでイ・ハカ博士、ベイズ夫妻、副長を搭載艇に乗るよううながす。そのあと、格納庫エアロックの外扉をチェックした。どうやら、外被は予想以上に熱せられているらしく、テルコニットの扉も高温の影響をうけているようだ。実際、格納庫内は宇宙服を着用していないと、活動できないほどである。

最後にあたりを眺めまわしたあと、搭載艇にはいり、エアロック・ハッチを閉じる。さいわい、艇内は快適な温度をたもっており、ほかの四人はすでにヘルメットをはねあげていた。リザンはすでに、操縦コンソールの前にすわっている。

「なに。心配ない。うまく脱出できるから」

不安そうなイ・ハカとヴァイに、そう声をかけてから、副長の隣りのシートにすわり、エアロック・ハッチの開閉装置を操作した。ハッチはなかなか動かなかったものの、何度もボタンを押すうち、ゆっくりと動きだす。見ると、縁は赤熱していた。

「くそ！　早く行こう！」

リザンが搭載艇をスタートさせ、慎重に格納庫から出す。

「《ジェミニ》が燃えているわ……」ヴァイ・ベイズが茫然とつぶやいた。

「いや、あれは赤色恒星の反射だ」と、ブリーがなぐさめる。実際はまさに溶解しようとしているのだと知っていたが。

搭載艇のエンジンが咆哮《ほうこう》した。

「なぜすぐ超光速飛行に移行しないのです？」と、ヴァイがたずねる。「そうすれば、この恒星からさっさと逃げだせるのに」

「それは不可能なんだ」と、ブリーが説明。「超光速飛行に移行するには、一定の速度を獲得する必要があるんでね」

リザンが最大価での加速を開始した。

「恒星に向かっているぞ！」ボブが仰天して叫ぶ。

「そう見えるが、実際は恒星の重力を利用するだけなんだ。そのほうが、短時間で効率よく高速度を得られるから。恒星を半周して、そのあと自由空間に出られるぞ」

ブリーは声をはずませた。その言葉どおり、しばらくすると、赤色恒星がスクリーンの中央からずれはじめる。リザンは計算どおりのコースを維持していた。

「また暑くなったわ」と、ヴァイがいって、宇宙服のヘルメットを閉じる。

細胞活性装置保持者は驚いて温度計を見たが、どうやらヴァイの勘違いのようだ。コクピットの温度は完全にノーマルである。搭載艇の防御バリアは正常に機能している。

リザンは下唇を嚙み、額に汗を浮かべていた。黙っていても、その緊張は伝わってくる。搭載艇は相いかわらず恒星に接近をつづけており、操縦をあやまれば、二度と自由空間にもどれないのだから。

「近づきすぎないようにな」と、副長だけに聞こえるように、ささやく。

しばらくすると、スクリーンのすみに黒い空間がうつしだされた。搭載艇は恒星の周回軌道にはいり、その表面とほぼ並行して飛んでいる。こうすることで、速度は得られるが、コースは安定しない。なにより、まだ重力の呪縛を脱してはいないのだ。リザンは慎重にコースを調整しつづけている。

ブルもう言葉はかけず、機器の表示をチェックするだけにとどめた。イ・ハカ、ヴァイ、ボブも無言だ……口をはさんでも意味がないと、わかっているので。

そのまま半時間が経過。状況は変化していないように見えたが、リザンがはじめて緊張を解き、笑みを浮かべた。

「外被の温度に注意するんだ」と、ブリーがうながす。

リザンが真っ青になった。熱交換システムが正常に機能していない。反重力系がエネルギーを食いすぎているのだ。

「ハーネスを締めるんだ！」レジナルド・ブルは全員に命じた。「反重力システムを停止して、エネルギーをすべて主エンジンにまわすぞ。心配はいらない。宇宙服の反重力プロジェクターを作動させれば、加速圧から身を守れる」

副長が反重力システムを切り、そのエネルギーをエンジンに送る。まもなく、温度計の表示が下がりはじめた。

搭載艇は加速をつづけ、らせん軌道を描きながら、ゆっくり恒星からはなれていく。

「うまくいきました！」と、リザンが最後にいった。

ブリーは黙ってスクリーンを見つめる。ちょうど、《ジェミニ》がまたカメラの到達範囲にはいってきたのだ。重巡はまだ健在だった。だが、恒星の燃えるガスにつかまるのは、もはや時間の問題である。

「リニア飛行に移行しよう」しばらくその姿を見たあとで、副長に命令。搭載艇はすでに充分な速度を獲得している。

リザンがレバーを倒すと、エンジン音が消えた。艇内は数秒間、静寂につつまれ、ついで単調なざわめきが聞こえはじめる。スクリーンには、赤色恒星のかわりに、輝くぼんやりした壁がうつしだされた。

リニア段階は数分で終わり、小型艇はメールストロームの通常連続体に復帰。スクリーンに見慣れた星の洪水があらわれる。

副長はポジションを確認すると、オヴァロンの惑星への飛行コースを入力した。

ブルはイ・ハカたちを振りかえり、

「やりとげたな」と、声をかける。「歓声をあげてもいいんだぞ」

「そういう気分ではありません」と、ハイパー物理学者が答えた。

ボブ・ベイズは眼鏡の位置をなおしながら、

「もちろん、はじめからわかっていました……あなたが問題をすべて解決することは」

と、つづける。「予想どおりでしたよ。完全に」

細胞活性装置保持者はからからと笑い、

「だからといって、もう一度おろかな真似をしようとは思うなよ、ボブ。でないと、いささか不愉快な経験をすることになるからな」

「忠告をどうも」遺伝子技術者はそういうと、妻の肩に手をまわし、にやりと笑った。

＊

搭載艇がオヴァロンの惑星の大気圏に突入してまもなく、ロワ・ダントンから連絡があった。

「もうもどっていたのか?」と、レジナルド・ブルは驚いて、「こっちのほうが先だと思っていたが」

「《ジェミニ》はどこです?」と、ダントンがたずねる。「なぜ搭載艇でもどったんですか?」

「話すと長くなる。あとで説明しよう。で、そっちは何隻くらい収容できた?」

「二十五隻です」

「たったそれだけ?」ヴァイが割りこんだ。「予定では、百ないし二百隻を確保できるはずだったのでは?」

「こちらも話すと長くなるのでね。ともあれ、二十五隻を救えただけで、よしとしなければ。それ以上は無理だった。パラ不安定エネルギー共同体がすべてを破壊していたんだ」

搭載艇はヒルデンブラントの郊外、《ファラオ》のすぐ近くに降りた。

「レムール艦はどこかしら?」と、ヴァイがつぶやく。

「星系内に配置したよ」と、ロワ。

「それだけの船で、この星系の安全を確保できると思いますか、ミスタ・ダントン?」

「正直なところ、考えたこともないね、ミセス・ベイズ。この星系に脅威があるとは思わないから。それより、烽火計画がどうなったか、そっちのほうが気になる」

「インパルスを探知していないか？」と、ブリーはたずねた。

搭載艇のエアロック・ハッチが開き、リザンとベイズ夫妻、イ・ハカ博士は外に出ていく。

「まだですね」と、ロワが応じた。

「すぐそっちに行く」

「ただちにグライダーを派遣します。そこで待っていてください」

ブルはスイッチを切って、搭載艇をあとにする。外では、住人が百名ほど集まり、ベイズ夫妻をとりかこんで、さかんに質問を浴びせていた。

リザンとイ・ハカの姿を見つけて近づき、迎えを待つ。やがて、グライダーが着陸すると、それを見てヴァイ・ベイズがやってきた。

「わたしもいっしょに行きます」

細胞活性装置保持者は反対しない。黙って空を見上げると、恒星ファインダーはほぼ天頂にある。三五八一年十二月二十四日。ヒルデンブラント市は雪のなかにひっそりとうずくまっていた。

「子供たちは」と、つぶやく。「きょうがどういう日か、知っているかな？」

グライダーは離陸し、高速で《ファラオ》に向かった。

「十二月二十四日は……」と、ブルはつづける。リザン、ベイズ夫妻、イ・ハカ博士とグライダーのパイロットは、口をはさまずにその話を聞いた……奇妙な感覚につつまれながら。人々は故郷である地球に思いをはせたのである。

「クリスマス……」と、ヴァイがつぶやく。

ロワ・ダントンがテレカムで連絡してきた。

「ブリー。たったいま〝烽火〟の最初のインパルスをキャッチしました。すべてが計画と完全に一致します。まちがいありません……メールストロームのなかでも、正確に緊急信号を送りつづけるでしょう」

ブルはしばらく無言で考えこんでいたが、やがて口を開いた。

「思うに、われわれ、自分でベツレヘムの星に火をつけたわけだ。期待しようではないか……それがわれわれのもとに、だれかを導くことを。あるいは、われわれの明るい未来のシンボルになることを！」

あとがきにかえて

五十嵐 洋

三七三巻で書きのこした話。一〇七ページに出てくる「ゲッツ・フォン・ベルリヒンゲン」についてである。

訳している段階では、辞書に載っている意味くらいしかわからず、そのまま原稿を編集部に送ったのだが、すぐ担当のKさんからメールがはいった。タイトルは「なつかしやゲッツ」になっている。読むと、以前に松谷さんが「あとがきにかえて」で紹介していて、印象にのこっており、いまでも使うことがあるとのこと。

松谷さんがとりあげたことを、完全に忘れていたので、急いで探してみたところ、あった。昭和六十二年刊の一三六巻『ネッター来襲』のあとがきだ。おもしろいので、そのまま引用してみたい。

なんのことかわからない。わからなくて当然である。割注をつけるわけにもいかないので、この場所でご説明申しあげることにした。

これは実在の人間。十五世紀から十六世紀にかけて雷名をとどろかせたフランケンの騎士貴族で、おそろしくけんか早く、暴れん坊の殿さまだった。若いころ戦闘で右手を失い鉄の義手をしていたので有名。農民戦争では義理で反乱軍の指揮をとったり、カール五世の下でトルコやフランスと戦ったり、捕虜となっていく年も幽閉されていたり、とにかくたいへんな人だったようだ。

しかし、それでもまだわからない。なんでこういう殿さまの名がペリー・ローダンに出てくるのか？

実は、おなじみゲーテがこの人物をモデルとしてつくった戯曲『ゲッツ・フォン・ベルリヒンゲン』に関係しているのだ。このなかで「おれの尻の穴でもなめろ！」というせりふが出てくる。いまならべつにめずらしくもなかろうが、二十四歳のゲーテがこれを書いた一七七三年では観客が腰をぬかすほどショッキングなせりふだったと思う。それを十九世紀のドイツの大学生たちが若干ペダンティックにひねくって使ったわけだ。短くして「ゲッツ！」ともいう。「まっぴらごめんだぜ」という感じ。「尻の穴……」と直接表現するより、なんとなく上品だし、教養のあるところを見せられるし……というわけだ。

というような感じで、あとはゲーテの話につながっていくのだが、なるほど、こういう意味があるとは知らなかった。というか、読んだ記憶がなかった。

ちなみに、この一三六巻後半も作者はエーヴェルスで、よほどこの言葉が気に入っているらしい。あるいは、ア・ハイヌがaクラス火星人の教養をひけらかすという意味で、あえて使ったのかもしれないが……やっぱりエーヴェルスの好みだろうな。

それにしても、こういう記述をおぼえているKさんの記憶力こそ、おそるべしである。わたしも本文に登場した人物の名なら、かなり以前でもおぼえている自信があるものの（反対に、新しい登場人物はすぐ忘れる。年のせいで）、あとがきまではとても手がまわらない。

もっとも、こういう編集者がいないと、ローダン・シリーズを長くつづけることはできないわけだが。

訳者略歴　1957年生，1980年法政大学社会学部卒，フリーエディター，翻訳家，〈ペリー・ローダン〉シリーズ統括。日本ＳＦ作家クラブ会員　訳書『時間超越』エーヴェルス＆フォルツ（早川書房刊）他多数

HM=Hayakawa Mystery
SF=Science Fiction
JA=Japanese Author
NV=Novel
NF=Nonfiction
FT=Fantasy

宇宙英雄ローダン・シリーズ〈378〉

星《ほし》の非常《ひじょう》シグナル

〈SF1759〉

二〇一〇年六月　十　日　印刷
二〇一〇年六月十五日　発行
（定価はカバーに表示してあります）

著者　H・G・エーヴェルス　H・G・フランシス
訳者　五十嵐《いがらし》洋《ひろし》
発行者　早川浩
発行所　株式会社　早川書房
郵便番号　一〇一 - 〇〇四六
東京都千代田区神田多町二ノ二
電話　〇三 - 三二五二 - 三一一一（大代表）
振替　〇〇一六〇 - 三 - 四七七九九
http://www.hayakawa-online.co.jp

乱丁・落丁本は小社制作部宛お送り下さい。
送料小社負担にてお取りかえいたします。

印刷・信毎書籍印刷株式会社　製本・株式会社川島製本所
Printed and bound in Japan
ISBN978-4-15-011759-7 C0197